LE PHÉNIX

DANS LA MÊME SÉRIE

Portée disparue
Le Phénix
Le Dragon rouge
Mort blanche

© 2005, Éditions Milan, pour le texte et l'illustration
300 rue Léon-Joulin, 31101 Toulouse Cedex 9, France
ISBN : 2-7459-1750-1
Loi 49-956 du 16 juillet 1949
sur les publications destinées à la jeunesse
www.editionsmilan.com

CAROLINE TERRÉE

CSU
CRIME SUPPORT UNIT
LE PHÉNIX

MILAN

PROLOGUE

Je m'avance vers lui et c'est comme si je le voyais pour la première fois.

Son corps noué, couvert de sang, écartelé à plusieurs mètres du sol dans une lumière de cierge tellement tremblante qu'elle donne l'impression de le faire frissonner... En déposant des ombres sur la peinture de ses larmes... Sur la peinture de ses mains transpercées de clous... Sur la peinture de ses muscles tendus à l'extrême...

Je sens mes doigts se mettre à trembler et je m'arrête un long moment pour bien le regarder.

Pour lui donner tout le respect qu'il mérite.

Et je baisse les yeux en faisant glisser mon pouce sur la poitrine.

De haut en bas.

De gauche à droite.

Parce que je sais que ce que je suis sur le point de faire est le pire des péchés que je pourrais commettre.

Puis je m'avance vers le mur qui me fait face en regardant mon ombre se dresser lentement devant moi...

Et je passe à l'acte.

D'un coup.

Comme on se jette dans de l'eau glacée.

Et alors que je recule en titubant pour m'éloigner au plus vite de l'horreur que je viens d'engendrer, la bulle de silence dans laquelle j'évoluais explose brusquement.

J'entends un grondement sourd se mettre à faire vibrer le sol à mes pieds, suivi par un bruit sec.

Violent.

Aussi déchirant qu'un impact de foudre.

Et je panique.

Je me mets à courir, le faisceau de la lampe baissé vers mes pieds, la respiration tellement saccadée que j'ai l'impression d'être en train de m'étouffer... Et alors que je ne suis plus qu'à quelques mètres de la porte d'entrée, je le vois soudain apparaître devant moi.

Immobile.

Le visage comme avalé par les ténèbres.

Et dans la seconde qui suit, je détruis probablement la dernière chance qui me restait de ne pas finir en enfer.

1.

VENDREDI 27 SEPTEMBRE

CENTRE DE RÉÉDUCATION GF STRONG
4255 LAUREL STREET
18:20

— Tu peux serrer plus fort ?
— Non.
Je regarde la poignée en métal logée dans le creux de ma main gauche avec une frustration grandissante. Incapable de faire augmenter le chiffre rouge qui clignote depuis plusieurs secondes sur l'écran placé devant moi. Et pour la deuxième fois, en quelques minutes à peine, je m'avoue vaincue.
Je relâche la pression et je ferme les yeux pour essayer de contrôler la colère que je sens monter en moi. À deux doigts de balancer cette maudite poignée à travers la pièce pour déclarer ce test une bonne fois pour toutes terminé, quand la voix de John se remet à résonner dans le silence de la pièce.
Grave.
Posée.
Aussi rassurante que possible.
— OK… C'est bon…

Je l'entends éteindre le moniteur et s'approcher de moi en faisant glisser son fauteuil sur le linoléum de la salle d'examens. Et de suite, je m'en veux d'avoir perdu aussi facilement le contrôle de la situation. Car ce n'est pas comme si je faisais ce test pour la première fois. Ou que je ne savais pas que ce qui vient d'arriver risquait d'arriver un jour. Mais rien ne change le fait qu'il y a quelque chose d'absolument insupportable à l'idée que mon corps puisse se mettre – ou plus exactement se remettre – à ne pas obéir à 100 % aux ordres que mon cerveau lui donne.

– Kate ?

Je sens sa main se poser sur mon genou et je serre encore plus fort les yeux. La colère d'il y a quelques instants maintenant remplacée par un sentiment d'échec profond.

– Kate, écoute… Les résultats de tous tes autres tests sont bons… Ce n'est probablement qu'une faiblesse passagère…

J'essaie de ne pas réagir à la mention du mot « faiblesse », et à la vague de répulsion que ces quelques lettres provoquent en moi. Et, à la place, je me force à ouvrir les yeux pour faire face à l'une des rares personnes sur cette planète que je n'ai aucune chance de pouvoir bluffer.

Le professeur John Stanford, 42 ans. Neurologue. Un homme dont les paroles ont littéralement le pouvoir de changer le cours de ma vie.

– Kate ?

Je relève la tête.
- Tu veux qu'on fasse un break ?
- Non.
- Tu en es sûre ?
- Oui.

Il me regarde sans rien dire pendant un long moment avant d'attraper mon dossier médical, et je me tends encore plus à l'idée d'avoir maintenant à répondre à la batterie de questions qui suit généralement ce genre de test.

- OK... Tu peux me raconter ce qui s'est passé ?

Il sort un stylo et se met à feuilleter la copie du rapport officiel de l'arrestation de Fred Kazynski, agrafée à la fin de mon dossier[1].

- J'ai tout mis dans mon rapport.
- Kate...

Il lâche un long soupir et je me redresse nerveusement sur le rebord du lit avant de lui répondre. De plus en plus mal à l'aise devant la tournure que sont en train de prendre les choses.

- Alors que j'enquêtais sur la disparition d'une jeune femme, l'un des suspects que j'essayais d'arrêter a réussi à me désarmer.
- Comment ?
- Il m'a donné un coup de pied dans les mains.
- Tu tenais ton arme à une ou à deux mains ?
- À deux mains.

---

1. Voir *Portée disparue*, dans la même collection.

– Et le coup venait de la gauche ou de la droite ?
– De la gauche.

Il s'arrête pour prendre quelques notes avant de continuer.

– Tu as lâché prise de suite ?
– Oui.
– Et après ça, il t'a fallu combien de temps pour récupérer une force normale dans les mains ?
– Je ne sais pas... Quelques minutes pour arriver à tenir de nouveau mon arme correctement... Quelques heures pour ne plus rien sentir du tout.
– Tu as fait faire une radio de contrôle, après ?
– Non.

Il me foudroie du regard.

– Pourquoi ?
– Parce que ce n'était rien. Parce que j'avais vraiment autre chose à faire ce jour-là.
– Et parce que tu ne voulais pas que les membres de ton équipe se doutent de quoi que ce soit...
– Aussi.

Il enlève ses lunettes et se pince l'arête du nez avec le pouce et l'index avant de continuer. La frustration que je ressens est apparemment contagieuse.

– Tu n'as toujours aucune intention de leur en parler ?
– Non.

Je le supplie du regard de laisser tomber le sujet et il hésite longuement avant de s'exécuter.

– OK... C'est bon... Je n'ai rien dit.

Puis il se replonge dans mon dossier et reprend son questionnaire – ouvertement à contrecœur.

– Tu as remarqué quoi que ce soit d'inhabituel, pendant les jours ou les semaines qui ont précédé cet incident ?

– Comme ?

– Des fourmillements dans les doigts ?

– Non.

– Des douleurs dans le bras ou dans l'épaule ?

– Non plus.

Il change de page.

– Tu fais toujours du sport ?

– Oui. Du jogging tous les samedis matins et de la marche en forêt dès que je peux.

– Au total, cela fait combien d'heures par semaine ?

– Sept ou huit. Cela dépend du temps que j'ai et du type d'enquêtes sur lesquelles je travaille.

– Et des exercices de relaxation, tu en fais aussi ?

– Aussi.

– Souvent ?

Je n'essaie même pas de mentir.

– Non.

– En moyenne ?

– Deux ou trois fois par mois. Parfois plus.

Il relève la tête. Horrifié par ma réponse.

– Kate, tu sais bien que ce n'est pas suffisant.

– Je sais.

Je serre la mâchoire en sentant un long sermon arriver, mais à la place, John m'assène le dernier commentaire auquel je m'attendais :
– Manifestement non.
Je le regarde. Incrédule.
– Qu'est-ce que tu veux dire par là ?
– Que tu connais parfaitement les risques et que tu devrais faire preuve d'un peu plus de discipline.
– De *discipline* ??
C'est de loin la pire chose qu'il aurait pu me dire.
Je me lève et je traverse la pièce à grands pas pour mettre un maximum de distance entre lui et moi. La colère de tout à l'heure de nouveau bouillonnante dans mes veines.
– Tu penses que je manque de *discipline* ? Je bosse en moyenne douze heures par jour... J'ai le plus grand mal à trouver assez de temps pour manger trois repas normaux par jour et dormir plus de cinq heures par nuit... Je dois gérer au quotidien des situations que la plupart des gens sont incapables d'imaginer, même dans leurs pires cauchemars. Et tu penses que je n'en fais pas assez ? !
– Non. Ce que je pense Kate, c'est exactement le contraire. Que tu en fais trop.
Je m'arrête net. Prise de cours par sa réponse et par la compassion qu'il y a maintenant dans sa voix.
– Kate. Assieds-toi. S'il te plaît...
J'obéis. La tension des dernières minutes m'affectant soudain de façon physique autant que morale.

– Kate, écoute-moi. Tu n'as réellement aucune raison de t'inquiéter… Tes radios ont montré qu'il n'y avait aucun signe de calcification, aucun signe d'infection ou de dégénération musculaire. C'est vrai, tu as perdu environ 10 % de force dans la main gauche depuis la dernière fois qu'on s'est vus, mais cela reste encore largement dans la moyenne. Mon avis, c'est que ce « mauvais » résultat est directement lié à l'incident de la semaine dernière… Que tu n'as pas encore complètement récupéré du coup que tu as reçu.

– Ça… Ou le suspect que j'essayais d'arrêter a réussi à me désarmer aussi facilement parce que je ne tenais pas mon arme avec assez de fermeté. Parce que j'avais *déjà* perdu 10 % de force dans la main gauche à ce moment-là.

Il me regarde droit dans les yeux.

– C'est aussi possible.

– Et on n'a pour l'instant aucun moyen de savoir laquelle de ces deux théories est la bonne.

– Non.

Comme toujours, j'apprécie l'honnêteté dont il fait preuve avec moi.

J'attrape ma veste et mon sac posés sur le rebord du lit, puis je me lève en essayant d'ignorer la tristesse et l'inquiétude qu'il y a maintenant sur son visage. Perturbée par l'intimité de ce moment.

– Kate… Voilà ce que je te propose… Je vais envoyer les résultats de tous tes tests au FBI, comme prévu, et te demander de repasser me voir un peu plus tôt que d'habitude... D'ici deux ou trois mois... Juste pour s'assurer que tout va bien... Et on refera le test à ce moment-là pour voir si les choses ont progressé ou non.

Il referme mon dossier.

– En attendant, j'aimerais que tu essayes de récupérer au max... De faire le moins d'efforts possible avec ton bras gauche pendant les jours et les semaines qui viennent. Et si jamais tu remarques quoi que ce soit, ou que tu as la moindre question, n'hésite pas à m'appeler. OK ?

– OK.

– Tu as toujours mon numéro de portable ?

– Oui.

Il se lève et m'accompagne jusqu'à la porte.

– Et tu sais aussi que tu peux m'appeler quand tu veux, même si c'est juste parce que tu as besoin de parler à quelqu'un.

– Oui. Je sais. Merci pour l'offre.

Il me prend dans ses bras pour me dire au revoir et je sors de la pièce.

Déterminée à ranger les quelques heures que je viens de passer avec lui dans un coin reculé de mon cerveau.

2.

SAMEDI 28 SEPTEMBRE

MAISON DE KATE KOVACS
3042 MARINE DRIVE
04:42

La sonnerie du téléphone me réveille en plein sommeil et il me faut plusieurs secondes pour arriver à retrouver à tâtons l'interrupteur de la lampe de chevet.
– Agent Kovacs.
Je repousse la couette sur la moitié du lit inoccupée et je me lève, légèrement désorientée. Les 40 watts de la petite ampoule me forçant à plisser les yeux avec l'efficacité d'une lampe halogène.
– Kate, c'est Keefe. On vient d'être mis de toute urgence sur une nouvelle affaire... Un incendie d'origine criminelle.
Je sors de la chambre et je commence à faire les cent pas dans le couloir pour forcer les cellules de mon cerveau encore endormies à se remettre en marche au plus vite. La désorientation d'il y a quelques instants est maintenant remplacée par une vague sensation de nausée.
– Des victimes ?

– Non. Juste d'importants dégâts matériels. Mais ce n'est pas pour cela qu'on a été appelés...

Il fait une petite pause avant de continuer, comme pour me donner quelques secondes de plus pour me préparer à la nouvelle qu'il est sur le point de m'annoncer.

– C'est parce que le bâtiment visé est l'église catholique de Squamish.

Sans avoir à faire le moindre effort, une série d'images et d'informations se mettent à flasher dans mon esprit.

– Saint-Joseph ?
– Affirmatif.

Je regarde vite ma montre : 04:43.

– On sait à quelle heure le feu a commencé ?
– Oui. Il y a environ cinq heures.
– Quoi ?

J'attrape un cardigan et je change de pièce.

– Pourquoi n'a-t-on pas été appelés plus tôt ?
– Je ne sais pas... Apparemment, c'est le prêtre de la paroisse qui a donné l'alerte juste avant minuit, mais le feu était déjà bien avancé. Les pompiers ont mis plus de deux heures à maîtriser les flammes et ils ont attendu un bon moment avant de laisser qui que ce soit s'approcher des décombres. D'après ce que j'ai compris, les murs et le toit du bâtiment sont encore à peu près intacts, mais tout le reste a brûlé. Pour l'instant, personne n'a encore pu pénétrer à l'intérieur,

mais en inspectant la périphérie directe de l'église, les pompiers et le shérif ont découvert deux premiers indices qui semblent indiquer que l'incendie serait d'origine criminelle.

– Qui sont ?

– Des traces de flammes nourries par un accélérant et une fenêtre brisée de l'extérieur.

– Tu as prévenu Nick et Connie ?

– Oui. Connie est déjà en route. Elle a été appelée en premier, il y a environ deux heures, et elle est partie avec Tariq et Larsen pour bien confirmer qu'il ne s'agit pas d'un simple accident. Nick doit me retrouver au bureau d'ici une dizaine de minutes et on peut passer te prendre d'ici une demi-heure, trois quarts d'heure… J'ai déjà rassemblé tout ce que je pouvais sur le Phénix et j'ai pensé que si on y allait tous les trois dans la même jeep, on pourrait déjà commencer à bosser ensemble pendant le trajet.

– Excellent. Passez me prendre dès que possible.

Je raccroche et je vais vite prendre une douche. En me demandant si la soi-disant prophétie lancée par le leader du Phénix, il y a moins de deux semaines, vient juste de se matérialiser.

3.

SEA-TO-SKY ROAD
KILOMÈTRE 27
05:58

– Tu veux commencer par quoi ?

Je réponds à Keefe en le regardant dans le miroir du pare-soleil baissé devant moi. Impressionnée par la quantité de documents qu'il a réussi à rassembler avant de partir, étalés tout autour de lui sur le siège arrière de la jeep.

– Par une vue d'ensemble la plus complète possible de l'affaire du Phénix – juste au cas où il y aurait un lien entre cet incendie-là et celui d'hier soir. Tu peux nous faire ça ?

– Pas de problème. Donne-moi juste deux minutes.

Je souris en le voyant jongler avec ses dossiers et l'ordinateur portable qu'il a ouvert sur ses genoux, et je me tourne vers Nick, concentré à côté de moi au volant du véhicule.

– Tu veux que je te remplace ?

– Non. C'est bon. Je connais la route par cœur. Allez-y... Je vous écoute.

Il pose la main sur le levier de vitesse pour négocier l'un des nombreux virages qui nous séparent encore de Squamish – une ville d'environ 15 000 habitants à une cinquantaine de kilomètres de Vancouver – et je profite du petit battement qui suit pour balayer du regard le paysage qui nous entoure. Encadré à la perfection dans le triptyque que forment les deux vitres latérales et le pare-brise de la jeep.

Surface bleu acier du Howe Sound dans le rectangle de gauche, comme minée par de petits îlots qui osent à peine sortir la tête de l'eau.

Parois à pic des montagnes du North Shore dans le rectangle de droite, couvertes de forêts de sapins à perte de vue.

Et, encastré entre les deux, le ruban noir de la Sea-to-Sky qui se tord de virages en virages, fidèle à sa réputation de route qui mène de la mer au ciel. Une route qui n'est peut-être sur le papier qu'un morceau du Highway #99, mais qui vous rappelle qu'il n'y a pas si longtemps, ce petit bout de planète était encore tellement sauvage que des pionniers ont dû l'attaquer à la dynamite pour essayer de l'apprivoiser un peu.

Et alors que je remarque le lever du jour commencer à glisser sur la surface impassible du Howe Sound, la voix de Keefe me sort brusquement de ma rêverie.

– OK, Kate... C'est quand tu veux... Je suis prêt.

Je me redresse et je pose à nouveau les yeux sur le miroir du pare-soleil.

– C'est bon. Vas-y.

J'attrape un bloc de papier et un stylo, et je me prépare à prendre des notes sur l'une des affaires les plus controversées de ces dernières années. Au milieu d'un des plus beaux paysages que je connaisse.

– Chapitre numéro 1 : le Phénix…

Keefe commence son exposé, les yeux braqués sur l'écran de son portable.

– Le Phénix est une secte d'une cinquantaine d'adeptes, installée depuis environ cinq ans dans les montagnes qui surplombent la ville de Squamish. D'après les rares informations dont on dispose, les principes de base de sa théologie reposeraient sur un mélange de doctrine New Age – retour aux sources, rejet de modes de communication modernes, longues séances de méditation…
– et de toute une série de règles basées sur la notion de contrôle. Les membres du Phénix se soumettraient ainsi régulièrement à des « tests », destinés à prouver leur résistance physique et mentale. Jeûne, manque de sommeil… Ce genre de choses… Ils passeraient aussi plusieurs jours par mois en « retraite spirituelle », dans des conditions tellement extrêmes qu'Amnesty International les qualifierait probablement de torture : sans boire ni manger, dans des pièces isolées de type cellule, sans chauffage, sans lumière, etc. Sauf bien sûr que les membres du Phénix font tout cela de leur plein gré.

Il attrape une des feuilles posées à côté de lui et la lève pour que je puisse voir ce qui est imprimé dessus.

– Le Phénix a officiellement pour symbole cette croix.

Je regarde le ₽ qu'il me montre et je le dessine machinalement sur mon bloc-notes.

– Il utilise aussi toute une série de symboles basés sur le cycle lunaire et sur la légende du Phénix pour souligner le principe d'immortalité de l'âme et de renaissance par le feu. Et comme c'est le cas pour la majorité des sectes, les membres du Phénix obéissent aveuglément à une seule personne, en l'occurrence Jonas Mitchell, un homme qui contrôle à peu près tous les aspects de leur vie quotidienne. Ce qui nous amène à notre chapitre suivant…

Je remarque le panneau « Whistler-50 KM/Squamish-18 KM » en train de flasher sur notre droite.

– Chapitre numéro 2 : Jonas Mitchell, 52 ans, un ancien activiste d'extrême gauche américain installé au Canada depuis la fin des années 1970. Selon le dossier que le FBI a sur lui, il aurait participé dans sa jeunesse à plusieurs opérations de « désobéissance civile » avec violence, et aurait fait partie d'un groupe « d'action directe » de type anarchiste – des accusations que le Bureau n'a cependant jamais réussi à prouver. De fait, malgré le nombre élevé d'accusations portées contre lui, à l'époque et plus récemment, le casier judiciaire de Jonas Mitchell est toujours à ce jour entièrement vierge. Au cours des trente dernières années, il aurait monté plusieurs communautés de type New Age à travers l'Ouest canadien, avant de réapparaître officiellement comme leader spirituel de la secte du Phénix à la fin des années 1990. Et il a obtenu sans problème la nationalité canadienne il y a quelques années

– Tu as trouvé quelque chose sur son profil psychologique ?

– Oui. L'habituel… Charismatique, intelligent, manipulateur… Le profil classique d'un leader de secte. Il a aussi un doctorat en psychologie, ce qui ne doit guère aider les disciples sous son contrôle…

– Des photos ?

– Aucune de récente. La seule que j'ai trouvée remonte à environ trente ans et il ressemble à n'importe quel autre jeune anarchiste de l'époque. Cheveux longs. Vêtements baba-cool. Cigarette à la main.

Il me tend le cliché en question et enchaîne.

– Chapitre numéro 3 : l'incendie d'il y a deux ans…

Je sens l'atmosphère dans la jeep changer imperceptiblement.

– Le Phénix était installé dans la vallée de Squamish depuis environ trois ans, quand un incendie s'est déclaré dans un des bâtiments de la secte où se trouvaient deux de ses membres : Noah Bowman, 24 ans, et sa petite amie, Celina Kayo, 23 ans. Le bâtiment en question était composé de plusieurs pièces isolées, adjacentes, prévues pour que les disciples du Phénix puissent y passer de longues périodes en retraite spirituelle, coupés du reste du monde. Chaque pièce avait un lit, une chaise et une lampe à pétrole. Rien de plus. Pas de fenêtre, pas de chauffage, pas de moyen de communication. Le but étant apparemment d'essayer de rester le plus longtemps possible dans ces conditions extrêmes pour prouver, et je cite, « la supériorité de l'esprit sur le corps »…

Je repense, mal à l'aise, à ma tentative de prouver exactement la même chose il y a moins de vingt-quatre heures dans le bureau de John Stanford.

– … Et pour bien s'assurer qu'aucun facteur extérieur ne puisse entrer en compte, les portes des pièces en question avaient toutes un verrou qui ne pouvait être activé que de l'intérieur. La décision de prolonger ou d'interrompre une période de retraite spirituelle ne dépendait ainsi que de la volonté de chaque disciple. Ce qui nous amène aux événements d'il y a deux ans…

Keefe attrape un nouveau dossier et l'ouvre sur le clavier de son portable.

– Vers minuit, le 12 juillet 2000, le feu a pris à l'intérieur de la pièce dans laquelle se trouvait Celina Kayo. Deux scénarios possibles pour la GRC[1] : l'incendie aurait été déclenché soit par accident, soit volontairement, de l'intérieur de la pièce. Ce qui a immédiatement conduit les journaux de la région à conclure que Celina Kayo s'était suicidée par immolation, même si cela ne faisait partie que des deux

---

1. Gendarmerie Royale du Canada.

théories possibles. Toujours selon les enquêteurs de la GRC, rien ne porte à croire que l'incendie était d'origine criminelle et ils ont officiellement conclu qu'il s'agissait d'un accident – même si les conditions dans lesquelles vivaient les membres du Phénix ont joué un rôle dans les causes de l'incendie. Quand les résultats de l'enquête ont été rendus publics, les familles des deux victimes se sont portées parties civiles contre Jonas Mitchell, pour meurtre et tentative de meurtre. Mais, après plusieurs mois de procédure judiciaire, le leader du Phénix a été reconnu innocent de toutes les charges qui pesaient contre lui.

Keefe me tend un CD : « Dossier Phénix – Rapport GRC. »

– Je t'ai mis dessus toutes les informations que les enquêteurs ont rassemblées à l'époque : témoignages, échantillons d'ADN et empreintes digitales de tous les membres du Phénix qui se trouvaient dans l'enceinte de la secte quand l'incendie a eu lieu. Au total, 53 personnes dont Jonas Mitchell, Noah Bowman et Celina Kayo.

Nick pose une question pour la première fois.

– Tu as des statistiques sur les disciples en question ?

– Oui. Âge moyen 26 ans. Milieu social plutôt aisé. 43 % de femmes, 57 % d'hommes. Nationalité canadienne majoritaire, avec à l'époque huit disciples d'origine étrangère : Celina Kayo qui avait la nationalité coréenne, cinq Américains, une Japonaise et un Mexicain.

– Tu peux nous faire un profil des deux victimes ?

Keefe grimace avant de me répondre.

– Pas exactement l'aspect le plus facile de cette affaire…

Il se met à feuilleter un dossier. Distraitement. Comme on se passe la main dans les cheveux pour se donner de la contenance.

– Quand le feu s'est déclaré, Noah Bowman et Celina Kayo se trouvaient dans deux pièces adjacentes. Selon les témoignages rassemblés par les enquêteurs, Noah Bowman aurait entendu les cris de sa petite amie et serait immédiatement sorti de la pièce dans laquelle il se trouvait… Puis il aurait tout fait pour essayer de la sauver… Après plusieurs minutes d'efforts, il aurait réussi à ouvrir la porte verrouillée de l'intérieur, et serait entré sans hésiter dans le brasier pour essayer de l'extraire des flammes. En vain. Selon le rapport d'autopsie de Celina Kayo, elle était probablement déjà morte – ou mourante – quand Noah Bowman a réussi à l'atteindre. Quant à Noah Bowman, il a été grièvement blessé dans l'incident… Brûlures au deuxième et au troisième degré sur plus de 85 % du corps. Cinq mois passés dans le service des grands brûlés du Vancouver General Hospital. Et encore aujourd'hui, plus de deux ans après l'incendie, il n'est officiellement considéré qu'en « convalescence ». Il doit porter vingt-quatre heures sur vingt-quatre une cagoule pour grands brûlés sur le visage, a des cicatrices hypertrophiques sur les mains, les bras et le cou, qui vont probablement nécessiter de nouvelles interventions chirurgicales. Et je n'ose même pas imaginer l'état mental dans lequel il doit se trouver…

– On sait où il vit actuellement ?

– Oui. À sa sortie d'hôpital, il est retourné habiter chez sa mère. À une trentaine de kilomètres de Squamish.

Je souligne plusieurs fois le nom de Noah Bowman sur mon bloc-notes.

– Et la famille de Celina Kayo ?

– Quand l'incendie a eu lieu, Celina Kayo faisait partie d'un programme d'échange universitaire international. Elle n'était au Canada que depuis trois ans et sa famille habitait à l'époque, et habite encore aujourd'hui, en Corée du Sud.

Il me tend le dossier médical de Noah Bowman et le rapport d'autopsie de Celina Kayo.

– Avant que j'oublie, j'ai aussi trouvé un rapport fascinant sur les sectes à caractère dangereux, que je t'imprimerai dès que j'aurai deux minutes.

– Merci.

Je regarde l'autocollant placé sur la couverture du dossier médical de Noah Bowman et la date de naissance imprimée dessus – 11 octobre 1975 – avant de ranger tous les documents que vient de me donner Keefe dans la poche latérale de mon ordinateur portable.

– Enfin, chapitre numéro 4, le retournement complètement inattendu de la semaine dernière…

Je vois la silhouette du mont Garibaldi apparaître pour la première fois à l'horizon. Le signe que nous ne sommes plus qu'à quelques kilomètres de l'extrémité nord du Howe Sound et de Squamish.

– … Après des mois et des mois passés à rassembler tout ce qu'ils pouvaient contre la secte du Phénix et contre son leader, deux des membres clés de la communauté de Squamish – Darren West, le shérif de la ville et Eamon O'Malley, le prêtre de la paroisse Saint-Joseph – se sont à leur tour portés parties civiles contre Jonas Mitchell, cette fois-ci pour non-assistance à personnes en danger. La plainte qu'ils ont déposée est passée devant un juge il y a deux semaines, et le verdict auquel il est arrivé est pour le moins étrange… Il a non seulement rejeté la plainte en bloc pour défaut de preuves, mais a en plus imposé un ordre d'injonction contre le shérif, qui l'empêche jusqu'à nouvel ordre d'enquêter sur tout ce qui touche de près ou de loin au Phénix.

– Pour quelle raison ?

– Officiellement, parce que Darren West aurait agi à plusieurs reprises « en dehors des limites fixées par la loi » au cours des deux dernières années. Officieusement, parce qu'il est tellement obsédé par l'affaire du Phénix qu'il est apparemment prêt à tout pour mettre fin aux activités de la secte.

– Et le prêtre, dans tout ça ?

– Il considère le Phénix comme une entrave à la liberté de culte, et aurait mentionné à plusieurs reprises les drames humains qui se cachent derrière les portes de la secte. Il aurait également été proche de Noah Bowman, avant que ce dernier ne rejoigne les rangs du Phénix.

Nick ralentit en voyant un premier panneau annoncer la sortie pour Squamish et Keefe essaie de conclure au plus vite.

– Enfin, pour compléter le tout, comme si le verdict d'il y a deux semaines n'était pas suffisant pour démoraliser les habitants de la vallée de Squamish, Jonas Mitchell a décidé de briser le silence dans lequel il aime d'habitude se complaire. Il a fait une déclaration des plus polémiques à la presse, juste après que la décision du juge a été rendue publique – en annonçant, et je cite parce que ces choses-là ne peuvent vraiment pas s'inventer, que : « Ce verdict devrait servir d'avertissement à tous ceux qui ont osé – ou oseront – remettre en cause les principes fondamentaux du Phénix. Parce que ses flammes ne sont pas seulement symboliques. Elles ont aussi déjà commencé à balayer la vallée de Squamish et leur soif de justice et de renouveau est insatiable. »

Et alors que j'attrape le dernier document que me tend Keefe – une photo de l'église Saint-Joseph qui correspond à l'idée exacte qu'on peut se faire d'une petite église de campagne bâtie au début du XXe siècle – ce qu'il en reste se met lentement à apparaître devant nous…

4.

ÉGLISE SAINT-JOSEPH
2449 HIGHLANDS WAY
06:41

Nick gare la jeep devant le 2449 Highlands Way et je ne peux m'empêcher de regarder une nouvelle fois la photo de l'église posée sur mes genoux. Parce que du bâtiment qui se tenait là, il y a quelques heures à peine, il ne reste plus qu'un champ de décombres noircis par les flammes. Une série de murs perforés de trous béants en guise de fenêtres, et une toiture tellement calcinée qu'elle semble à deux doigts de s'effondrer.

Je sors du véhicule et j'enfile le coupe-vent du CSU que me tend Keefe. Puis je m'avance avec lui et Nick vers le ruban jaune de police qui délimite la zone interdite autour du bâtiment, déjà contrariée d'avoir pu arriver jusque-là sans être interpellée par qui que ce soit.

Et alors que je cherche du regard le ou les officiers censés assurer la sécurité des lieux, j'entends quelqu'un se mettre à courir en criant dans notre direction.

– Restez où vous êtes ! N'avancez pas plus loin !

Je serre les dents à l'idée que la personne en question ait pu rater les lettres CSU imprimées en caractères de 30 centimètres de haut sur nos trois dos, et je résiste à l'envie de lui asséner mon meilleur sermon en réalisant qu'il s'agit d'un jeune flic. Visiblement mortifié par son erreur.

– Oh... Désolé... Vous êtes l'équipe de Vancouver, c'est bien ça ?

– Oui.

Je décide de lui donner le bénéfice du doute et je passe vite aux présentations.

– Agent Kovacs. Détective Ballard. Détective Green.

Il bombe un peu le torse et se présente à son tour.

– Sergent Cortez. Luis Cortez.

Il échange avec nous poignées de main et sourires polis, et me montre fièrement le petit groupe de badauds qu'il a réussi à maintenir à une bonne centaine de mètres de là.

– Cela fait des heures que je suis ici et je n'ai laissé entrer personne dans le périmètre de sécurité. À part bien sûr vos trois collègues...

Je fais un nouveau tour d'horizon de la scène, surprise de ne voir aucun autre officier de police sur les lieux.

– Vous êtes seul ?

– Oui.

– Où est votre supérieur hiérarchique ?

– Vous voulez dire, le shérif ?

– Oui.

Il baisse les yeux.

– Je ne sais pas… Il est parti il y a une dizaine de minutes et il m'a dit qu'il ne serait pas long et de vous dire de le rejoindre au commissariat dès que vous aurez fini ici…

– Et il vous a laissé tout seul pour assurer la sécurité des lieux ?

– Oui. Nous sommes en sous-effectif en ce moment. Il n'avait pas trop le choix.

Je me mords la lèvre pour ne pas faire de commentaire.

– Écoutez sergent… Nous sommes ici parce que tout porte à penser qu'il s'agit d'un incendie d'origine criminelle. J'ai besoin d'être sûre que personne n'ait pu contaminer les lieux.

– Vous avez ma parole. À part les pompiers, le shérif et vos trois collègues tout à l'heure, je n'ai laissé absolument personne s'approcher de l'église. J'ai même demandé au père O'Malley de ne pas bouger, de rester dans son presbytère et de vous attendre.

– Merci.

Je me tourne vers les membres de mon équipe.

– Keefe, donne au sergent Cortez tous nos numéros de portable et une radio branchée sur notre fréquence. Nick, rejoins le père O'Malley et assure-toi qu'il nous attend bien. J'aimerais faire un premier point avec Connie avant d'aller lui parler.

– Tu veux que je te rejoigne après ?
– Non, c'est bon.

Je refais face à Cortez.

– Quant à vous, j'aimerais que vous restiez sur place, ici, sans bouger.
– Pas de problème.
– Et que vous nous contactiez, immédiatement, si vous avez la moindre information à nous communiquer.
– Toujours pas de problème.
– J'aimerais aussi que vous me disiez si vous, ou le shérif, avez remarqué quoi que ce soit de suspect autour de la paroisse Saint-Joseph. En particulier au cours des deux dernières semaines...
– Vous voulez dire, depuis les menaces du leader du Phénix ?
– Oui.

Il hésite.

– Non. Juste l'habituel. Quelques jeunes qui traînaient sur le terrain vague qui jouxte l'église, celui que vos collègues sont en train d'examiner en ce moment... Mais rien de plus.
– Aucun comportement suspect à signaler ?

Il fait une pause comme pour réfléchir et je remarque la touche de nervosité qu'il y a soudain dans sa voix.

– Non. Pas vraiment...
– Vous êtes sûr ?
– Oui.
– OK...

Je m'apprête à rejoindre Connie, quand je vois Cortez plonger brusquement la main dans la poche intérieure de sa veste.

– Oh… Attendez… J'allais oublier…

Il me tend un plan de la ville de Squamish.

– Le shérif m'a aussi dit de vous dire qu'il s'était arrangé pour vous trouver un endroit pour travailler et dormir. C'est un Bed & Breakfast à moins de cinq minutes d'ici. La propriétaire s'appelle Mme Brunswick. Elle doit déjà vous attendre. Vous pouvez y déposer vos affaires quand vous voulez.

– Merci.

Je mémorise l'adresse indiquée sur le plan et je le tends à Keefe.

– Tu peux aussi t'en occuper ?

– Sans problème.

Je prends quelques instants pour bien visualiser la position des différents éléments qui composent la paroisse Saint-Joseph – presbytère sur la gauche, cimetière sur la droite, église au milieu. Et je vais rejoindre Connie sur l'immense terrain vague qui s'étend à l'arrière.

Je m'avance aussi près que possible des silhouettes de Connie, Tariq et Larsen. Accroupies au pied du mur d'enceinte de l'église. Vêtues de combinaisons blanches à capuche qui ne font que renforcer le décor d'apocalypse qui les entoure…

Terrain vague couvert de détritus, au fond.

Squelette calciné de l'église, à l'avant.

Et, suspendu dans l'atmosphère tout autour d'eux, cette odeur immanquable de matériaux brûlés qui vous donne l'impression d'avaler des éléments solides avec chaque bouffée d'air.

Je jette un long regard vers la façade arrière de l'église et la dizaine de rectangles ouverts à tous les vents qui encadraient jusqu'à hier une série de vitraux. Puis je regarde Connie finir de mouler une empreinte de pas sur le sol, avec la délicatesse d'un paléontologue qui exhume un fossile vieux de plusieurs millions d'années.

– Brontosaure ou diplodocus ?

Elle fait glisser le masque qui recouvre son visage et me sourit.

– *Homo sapiens*. 100 % Doc Martens. Pointure 44.

Je souris à mon tour et je note l'épaisse couche de suie qui recouvre les parties de son visage non protégées par le masque.

– Ça fait combien de temps que tu es là ?

– Une heure… Une heure et demie…

– Tu as fait un break ?

– Non.

Elle se racle le fond de la gorge et fait de son mieux pour ne pas céder à une quinte de toux.

– Vous vous êtes bien assurés qu'il n'y avait aucun produit toxique à l'intérieur du bâtiment ?

– Oui. C'est, ou plus exactement, c'*était* une église comme on les construisait au début du siècle dernier. Toiture en bois, murs en pierre. Aucun matériau composite à signaler.

– Même en prenant en compte tout ce qui se trouvait à l'intérieur ?

– Aucune idée. Personne n'a encore été autorisé à entrer. Les pompiers attendent toujours l'arrivée d'une équipe d'experts en structures pour pouvoir déclarer le bâtiment sans danger. Apparemment, tout dépend de l'état de la toiture et, en attendant, on est limités à l'extérieur. Ceci étant, ils ont bien fait des prélèvements autour du bâtiment, des prélèvements qui étaient tous largement dans les normes… Ce qui ne veut pas dire que tu ne devrais pas porter de masque…

Je souris à nouveau.

– Ne t'inquiète pas. Je ne vais pas rester longtemps. Je voulais juste faire un point rapide avec toi avant d'aller parler au prêtre.

Elle ferme les yeux, et malgré tous ses efforts, succombe à la quinte de toux qu'elle avait jusqu'ici réussi à contrôler.

– Désolée…

Je sors une petite bouteille d'eau de mon sac à dos qu'elle attrape sans se faire prier.

– Merci…

Elle avale plusieurs gorgées d'un trait et je me demande si les prélèvements des pompiers ont pris en compte une exposition prolongée à un environnement pareil.

– Re-désolée.

– C'est bon…

Elle respire à pleins poumons plusieurs fois et se remet à parler. Apparemment avec plus de facilité.

– La seule chose que je peux te dire avec certitude pour l'instant, c'est qu'il s'agit bien d'un incendie d'origine criminelle. Sans le moindre doute possible. Les pompiers et le shérif avaient raison. Quelqu'un a jeté deux projectiles incendiaires contre l'arrière du bâtiment. Le premier a été lancé contre cette fenêtre-là…

Elle tend le bras vers l'un des trous béants.

– C'est la seule qui a été brisée de l'extérieur, avant que le bâtiment ne prenne feu. Le deuxième n'a par contre jamais atteint son but.

Elle me montre une trace d'impact et des coulures de liquide près de la première fenêtre.

– Il s'est écrasé juste là et a fini sa course au pied du mur de l'église. On a retrouvé des éclats de verre de bouteille et un tesson dans lequel il y avait ce qui semble être des gouttes de carburant. Pour l'instant, je ne peux pas te dire à quel type de projectile on a affaire, mais si j'avais à deviner, je dirais qu'il s'agit de bouteilles en verre remplies de liquide inflammable, utilisées comme des cocktails Molotov. Enfin, on a aussi retrouvé une multitude de traces de pas, de ca-

nettes de bière vides, de mégots de cigarettes et autres détritus dans la périphérie directe des deux points d'impact. Ce qui est loin de nous faciliter la tâche…
– Tu vas tout faire tester pour les empreintes digitales ?
– Oui.
– Et tu penses avoir les résultats quand ?
– Pas avant demain. J'ai l'intention de bosser ici avec Tariq et Larsen le plus longtemps possible aujourd'hui, puis de leur demander de retourner à Vancouver ce soir pour commencer à tout analyser. Selon ce que vous trouvez de votre côté, soit je les fais revenir demain, soit je les rejoins au labo.
– Excellent. Prenez tout le temps dont vous avez besoin. Et s'il te plaît, assure-toi bien que vous fassiez tous les trois des breaks. Promis ?
– Promis.
Je la regarde replacer le masque sur son visage et je rebrousse chemin pour retrouver Nick et notre principal témoin.

5.

PRESBYTÈRE SAINT-JOSEPH
2449 HIGHLANDS WAY
07:02

— Kate, je te présente le père Eamon O'Malley.

Nick fait un pas en arrière pour me laisser entrer dans la cuisine du presbytère et je serre la main du prêtre. Planté entre un évier et un frigo qui ont vu de meilleurs jours.

La soixantaine. Calvitie avancée. Petit col blanc qu'on ne peut pas rater sur ses vêtements noirs. Sourire affable.

Un prototype d'ecclésiastique catholique.

— Bonjour... *Madame* Kovacs ?

Je le laisse continuer sans rien dire et je coche une case de plus dans ma check-list en entendant pour la première fois le son de sa voix, et le brin de condescendance qu'il y a dedans. Exactement comme je me l'imaginais.

— Vous voulez boire quelque chose ? Verre d'eau ? Thé ? Café ?

– Non merci.

Je vois Nick me faire signe qu'il a attendu que j'arrive pour prendre sa déposition officielle et j'enchaîne sans perdre de temps.

– Monsieur O'Malley...

Le prêtre penche légèrement la tête sur le côté en m'entendant l'appeler « monsieur » et non pas « père ». Apparemment plus par curiosité que par désapprobation.

– Nous avons besoin de vous poser quelques questions sur ce qui s'est passé hier soir. Vous n'avez pas d'objection à ce que j'enregistre cette conversation ?

– Non. Aucune. Allez-y.

J'allume mon dictaphone et je le pose près de lui.

– Vous pouvez me raconter ce qui s'est passé ? En essayant de nous donner le plus de détails possibles ?

– Oui... Bien sûr...

Il change légèrement de position avant de se lancer. Un signe de nervosité que je note immédiatement.

– J'étais en train de travailler dans mon bureau quand j'ai entendu l'alarme de l'église sonner. Je suis sorti et j'ai vu des flammes qui sortaient d'une des fenêtres. Je suis immédiatement retourné dans mon presbytère et j'ai téléphoné aux pompiers qui m'ont dit de ne surtout pas entrer dans le bâtiment. De les attendre dehors et de ne pas prendre le moindre risque. Je suis donc resté debout sur la pelouse de mon jardin à prier pour que personne ne soit à l'intérieur... Pour que les pompiers arrivent à temps pour éteindre l'incendie avant qu'il ne détruise complètement mon église...

– Ils ont mis combien de temps pour arriver sur les lieux ?

– Je ne sais pas... Je dirais environ cinq ou six minutes... Les choses se sont passées tellement vite...

– Et après ça ?

– Je suis resté à les regarder essayer d'éteindre les flammes... Pendant des heures et des heures... Je suis resté immobile au milieu de mon jardin à regarder mon église brûler... Sans pouvoir rien faire d'autre...

Je change de sujet en percevant l'émotion qu'il y a dans sa voix.

– Vous vous souvenez de l'heure à laquelle vous avez entendu l'alarme ?

– Oui. Juste avant minuit... Minuit moins cinq... Minuit moins dix...

– Avez-vous vu qui que ce soit dans les parages, quand vous êtes sorti ?

– Non.

– Entendu quoi que ce soit juste avant que l'alarme ne se mette à sonner ?

– Non.

– Et après ?

– Non plus.

– Avez-vous remarqué quoi que ce soit d'inhabituel au cours des derniers jours ? Des gens qui auraient pu rôder autour de votre église ? De nouveaux paroissiens dont le comportement aurait pu être considéré comme « suspect » ?

– Non. Mais mon église est ouverte à tous. Même si l'un de mes paroissiens me paraissait « suspect » comme vous dites, je ne l'empêcherais pas pour autant d'assister à mes messes ou de venir prier quand il le souhaite. Au contraire. Ce sont justement ces gens-là qui ont le plus besoin d'aide, de support moral…

– Vous voulez dire que c'est effectivement le cas ? Que l'un de vos paroissiens vous a paru suspect ?

– Non.

– Mais si, et je dis bien si, vous aviez le moindre soupçon sur l'un de vos paroissiens suite à une confidence qu'il ou elle vous aurait faite dans le cadre de vos fonctions, vous refuseriez de nous le dire ?

– C'est exact.

J'essaie une nouvelle approche.

– Monsieur O'Malley, avez-vous la moindre idée de qui aurait pu mettre le feu à votre église ?

Il hésite.

– Non.

– Vous en êtes sûr ?

– Oui.

Je vois Nick me lancer de longs regards appuyés et je lui passe le relais. Bien plus frustrée que je ne devrais l'être par la façon dont est en train de se dérouler cet entretien.

– Mon père, ce que ma collègue essaie de vous dire, c'est que si vous avez la moindre information supplémentaire sur ce qui s'est passé hier soir, vous vous devez de nous la donner. Votre paroisse a été ouvertement visée dans les menaces que le leader du Phénix a proférées contre la vallée de Squamish il y a deux semaines… Et il est possible que l'incendie de votre église soit lié aux activités de sa secte…

— Je sais. Mais je vous ai dit tout ce que je pouvais.

Je résiste à l'envie de le relancer sur le dernier mot qu'il vient de prononcer. À la place, je laisse Nick continuer.

— Mon père… Nous aurions également besoin de vous poser quelques questions sur le bâtiment et sur ce qu'il contenait…

— Allez-y.

Je remarque la complicité qu'il semble exister entre le père O'Malley et Nick. Quelque chose qui n'existe pas du tout entre le prêtre et moi.

— Votre église était-elle assurée ?
— Oui.
— Et vous la verrouilliez pendant la nuit ?
— Oui.
— Toujours ?
— Oui.
— Elle était donc bien verrouillée hier soir ? Quand l'incendie s'est déclaré ?
— Oui. Autant que je le sache.
— À part vous, qui a les clés du bâtiment ?
— Une poignée de paroissiens à qui je fais entièrement confiance.

– Comme ?

– La responsable des cours de catéchisme... Le président de l'association d'Aide au tiers monde que nous finançons... La jeune femme qui s'occupe de nettoyer l'église et mon presbytère... Des personnes au-dessus de tout soupçon.

– Nous allons cependant avoir besoin que vous donniez une liste de tous les membres de votre paroisse qui avaient accès au bâtiment... De toutes les personnes qui auraient pu se trouver dans, ou près de l'église, juste avant que l'incendie se déclare... J'imagine que vous comprenez notre position. Nous nous devons d'explorer toutes les pistes possibles.

– Je sais... Je m'en occupe. Mais je peux déjà vous le dire : aucune de ces personnes ne serait capable de faire une chose pareille.

Il me regarde droit dans les yeux.

– Et de ça, j'en suis absolument sûr, agent Kovacs.

Puis il se tourne de nouveau vers Nick.

– Est-ce que je peux y aller maintenant ? J'ai plusieurs coups de téléphone importants à passer et des paroissiens à réconforter.

Nick me jette un rapide coup d'œil et je lui donne le feu vert.

– Oui. Mais nous aurons probablement besoin de vous parler à nouveau. Vous n'avez pas l'intention de quitter Squamish et sa région dans les heures et les jours qui viennent ?

– Non. C'est ici qu'on a besoin de moi.

Et alors que le prêtre s'avance vers Nick pour lui serrer la main, je sens son regard se braquer de nouveau sur moi.

Intense.

Inquisiteur.

Et je ne peux m'empêcher de penser qu'il est en train de nous cacher quelque chose. Quelque chose d'assez important pour avoir laissé un mélange de peur et de menace dans ses yeux.

6.

COMMISSARIAT DE SQUAMISH
1713 PEMBERTON AVENUE
07:50

– Monsieur West ?

Je m'avance vers l'homme d'une quarantaine d'années planté au milieu du commissariat de Squamish – un bâtiment qui donne sur l'artère principale de la ville et qui semble se résumer à une poignée de pièces minuscules – et je réalise à contretemps qu'il est en train de parler au téléphone, grâce à un combiné à mains libres.

– Je sais… Mais ce n'est pas comme si je n'avais rien d'autre à faire…

Il me fait signe d'attendre, visiblement irrité par ma présence.

– Écoutez…

Il serre les dents et je me tends à mon tour en sentant la dose de frustration qui émane de son mètre quatre-vingts de muscles et de colère. Choquée par l'agressivité qu'il y a dans sa voix et par l'exaspération qu'on peut lire sur son visage.

—OK. Je n'ai rien dit. On oublie tout. J'arrive dès que je peux.

Il raccroche brusquement et arrache l'écouteur glissé dans son oreille avant de me faire face.

—Qu'est-ce que vous voulez ?

—Agent Kovacs.

Il change immédiatement de ton et d'attitude, et me serre la main.

—Désolé... C'était le Central... Apparemment, ma présence est requise sur les lieux d'un cambriolage à plus de vingt bornes d'ici. Comme si je n'avais rien de mieux à faire...

Je regarde le commissariat désert autour de moi.

—Vous ne pouvez pas envoyer quelqu'un d'autre à la place ?

—Non. On n'est que deux en ce moment. Mon autre officier est en congé maladie. C'est pour cela que j'ai dû laisser Cortez tout seul pour surveiller le périmètre de sécurité autour de l'église. Même si cela était loin d'être l'idéal...

—Vous avez quand même deux minutes à m'accorder ?

—Oui. Bien sûr... Allez-y. Ce n'est pas comme si le cambrioleur était encore sur les lieux... Ça peut attendre...

Il respire un grand coup et se force à me sourire.

—De quoi avez-vous besoin ?

—En priorité, de pouvoir contacter le leader du Phénix et la famille Bowman.

Il hausse les épaules.

– Bon courage…

Il attrape un petit bout de papier sur lequel il note vite deux numéros de téléphone, et me le tend.

– Le numéro du Phénix existe bien, mais Jonas Mitchell ne décroche que quand il en a envie – c'est-à-dire quasiment jamais. Quant à Christine Bowman, laissez sonner un bon moment. Elle passe l'essentiel de son temps dans son atelier de peinture et il lui faut parfois une bonne vingtaine de sonneries avant de décrocher.

Je glisse le bout de papier dans la poche intérieure de ma veste et je repense à ce que Keefe vient de nous dire sur la théologie du Phénix.

– Je croyais que les membres du Phénix rejetaient tout moyen de communication moderne ?

– C'est exact. Mais ce qui s'applique à eux ne s'applique pas forcément à leur leader… Jonas Mitchell a non seulement un téléphone, mais aussi un ordinateur. Tous ses tracts sont maquettés comme il faut et je ne doute pas un instant qu'il utilise l'Internet pour recruter de nouveaux disciples. Sans compter bien sûr les dizaines de caméras vidéo branchées vingt-quatre heures sur vingt-quatre autour de son complexe, et autres « légères incohérences » entre les choses qu'il prêche et celles qu'il pratique…

– Comme ?

– Le vœu de pauvreté qu'il impose à ses disciples et qui semble le faire progresser de jour en jour dans la liste des hommes les plus riches de la région.

Il regarde sa montre et j'enchaîne vite.

– Monsieur West, je sais que vous n'avez plus le droit d'enquêter officiellement sur les activités du Phénix, mais si vous aviez à établir une liste de suspects potentiels dans l'incendie, sur qui vous concentreriez-vous en priorité ?

– Jonas Mitchell et ses disciples.

– Actuels ?

– Et passés.

– Vous voulez parler de Noah Bowman ?

– Entre autres.

– Pourquoi ?

– Parce qu'il a beau avoir rompu tout lien avec la secte, il n'en reste pas moins quelqu'un de plutôt instable.

– Je viens de lire des extraits de son dossier médical et j'ai du mal à l'imaginer en train de lancer des cocktails Molotov contre le mur d'une église, surtout après ce qu'il lui est arrivé...

– Ne sous-estimez jamais ce dont les membres du Phénix sont capables.

Je digère mal son ton condescendant, après celui du père O'Malley il y a moins d'une demi-heure.

– Et à part Jonas Mitchell ou l'un de ses disciples, vous avez d'autres suspects en tête ?

– Non. C'est forcément l'un d'entre eux.

– Qu'est-ce qui vous fait dire ça ?

– Mon instinct. Et deux ans passés à essayer de les coincer pour la mort de Celina Kayo.

Je le sens se tendre à nouveau et j'essaie de formuler au mieux ma question suivante.

– Monsieur West… J'ai besoin de savoir si vous avez trouvé la moindre preuve, rassemblé le moindre témoignage, qui pourrait nous permettre de lier la secte du Phénix à l'incendie qui vient d'avoir lieu…

Il me regarde droit dans les yeux. Comme si j'avais complètement perdu la tête.

– Vous voulez savoir *quoi* ? ?

– Si vous avez…

– J'ai bien entendu, je ne suis pas sourd… Vous ne pensez pas qu'on ait déjà suffisamment de preuves pour « lier » l'incendie d'hier soir aux activités du Phénix ? ?

– Non.

– OK… J'aurais dû m'en douter…

Il attrape sa veste et ses clés de voiture en secouant la tête.

– Monsieur West… Je sais que vous avez tout fait depuis des années pour essayer de mettre fin aux activités de Jonas Mitchell, et, personnellement, je suis navrée que vos efforts aient échoué. Mais pour l'instant, tout ce qu'on a est un incendie d'origine criminelle à plus de 50 kilomètres du complexe d'une secte dans lequel un autre incendie – de nature complètement différente – a eu lieu il y a plus de deux ans. Ce qui fait difficilement office de « lien ».

Il se retourne pour bien me faire face et se met à ponctuer ses paroles avec de grands gestes.

– À part bien sûr que Jonas Mitchell a directement menacé la paroisse Saint-Joseph il y a deux semaines. Ce qui, dans mon échelle des valeurs, constitue bien un lien !! Mais je ne suis bien sûr qu'un shérif de petite ville qui a besoin de l'aide de superflics comme vous et vos collègues pour arriver à boucler cette affaire.

J'essaie de rester calme.

– Écoutez… J'imagine que cela doit être une situation particulièrement frustrante pour vous, mais sans preuves solides, vous savez aussi bien que moi que nous n'avons aucune chance de pouvoir impliquer le Phénix dans cet incendie, surtout après ce qui s'est passé il y a deux semaines. Donc, de deux choses l'une, soit vous décidez de continuer votre croisade contre Jonas Mitchell, tout seul dans votre coin, soit vous décidez de travailler avec nous pour établir si cet incendie a ou non un lien avec le Phénix. Parce que de mon côté, je peux vous assurer que je n'ai absolument aucune intention d'inventer des preuves contre lui.

– Qu'est-ce que vous voulez dire par là ?

– Rien. Juste que j'ai l'intention de faire mon travail du mieux que je peux, indépendamment de ce que vous, ou les autres habitants de cette vallée, puissiez penser.

Il secoue de nouveau la tête et enfile sa veste.

– Désolé… Je suis crevé… Je n'aurais jamais dû vous parler sur ce ton…

Il me tend sa carte.

– Appelez-moi si vous avez besoin de quoi que ce soit… J'ai bien l'impression que le Central va m'envoyer sur tout et n'importe quoi pour me tenir le plus éloigné possible de la paroisse Saint-Joseph… Mais je vous promets de vous rappeler dès que possible si vous me laissez un message.

– Ne vous inquiétez pas. Nous sommes quatre à bosser sur cette affaire. Plus deux experts de la police scientifique de Vancouver. Et Cortez.

Il sourit.

– Il vous a dit pour le Bed & Breakfast ?

– Oui. Merci.

– J'ai juste pensé que vous auriez probablement besoin d'espace pour travailler et que vous risquiez d'être ici pour plusieurs jours… Vous verrez, la propriétaire est adorable… Son B & B est vide. Elle est sur le point de le fermer après plus de trente ans de bons et loyaux services. Je suis sûr qu'elle fera tout pour vous accueillir dans les formes et vous mettre le plus à l'aise possible. Probablement bien mieux que moi.

7.

BED & BREAKFAST NEW ENGLAND
4200 MAPLE CRESCENT
08:47

J'arrive devant le portail en fer forgé du Bed & Breakfast New England et je souris en voyant le style du bâtiment qui se dresse juste derrière.

Anglais.

Coquet.

Tellement victorien qu'il donne l'impression de sortir tout droit d'une autre époque, d'un autre pays.

Je monte la poignée de marches qui me sépare du mot « Bienvenue » écrit sur le paillasson et j'appuie sur la sonnerie. En rien surprise d'entendre mon geste déclencher une cascade de sons mélodieux à l'intérieur.

Puis j'attends quelques instants, et quand je vois la silhouette d'une femme qui doit avoir au moins le double de mon âge apparaître sur le pas de la porte, je ne peux m'empêcher de sourire à nouveau. Parce que tout dans son attitude – de ses vêtements printaniers à ses gestes rendus un peu tremblants par l'âge – appelle à la gentillesse.

– Madame Brunswick ?
– Oui ?
– Mon nom est Kate Kovacs. Je travaille avec la police de Vancouver. Le shérif de Squamish, M. West, m'a donné votre adresse. Je crois que l'un de mes collègues est déjà passé déposer une partie de nos affaires…
– Oui… Bien sûr… Entrez… Soyez la bienvenue…
Elle ouvre la porte en grand et me guide jusqu'à son salon – une immense pièce que Keefe a déjà commencé à transformer en quartier général : feuilles blanches épinglées sur les murs en guise de tableau, fax et ordinateurs portables posés sur une des tables, etc.
– J'ai dit à votre collègue qu'il pouvait aménager cette pièce comme il le souhaitait. Quelque chose qu'il a visiblement pris au pied de la lettre.
Elle sourit et me tend un trousseau de clés.
– Mon Bed & Breakfast est vide depuis plusieurs semaines. Il est entièrement à vous. Installez-vous comme vous le souhaitez. Ma chambre est au premier étage et je vous ai préparé une série de chambres au deuxième. Vous êtes bien quatre, c'est ça ?
– Oui. Merci beaucoup. Cela va vraiment nous faciliter la tâche de pouvoir travailler ici.
– De rien. C'est la moindre des choses. J'espère juste que cela vous aidera à retrouver la personne qui a mis le feu à notre église…
– Moi aussi.

Je balaie de nouveau la pièce du regard.
— Vous cherchez votre collègue ?
— Oui.
— Il est sorti pour rejoindre… « Nick », c'est bien ça ?
— Oui.
— Il m'a dit de vous dire qu'il vous avait laissé un mot, sur la table…

J'attrape le mot en question et je regarde autour de moi pour voir où je peux m'installer pour appeler au plus vite Mme Bowman.

— Si vous voulez vous mettre dehors sur la terrasse, faites comme chez vous. Il y a un grand jardin et une table. Juste là…

Elle me montre l'arrière du bâtiment.

— Je peux vous amener une tasse de café, si vous le souhaitez…

Après un réveil à quatre heures du matin, son offre est impossible à refuser.

— Si cela ne vous dérange pas trop. Ce serait avec plaisir.

— Allez-y. Installez-vous. Je vous l'amène.

Je m'assois à la table du jardin qu'elle vient de m'indiquer – aussi anglais et coquet que le bâtiment qui le surplombe – et je lis vite le message de Keefe :

Adresse de la famille Bowman : « Mashiter Creek » (lieu-dit/plan et directions ci-dessous). Je viens d'ap-

peler et tu as rendez-vous avec Mme Bowman (Christine) autour de 12:00. A priori, aucune chance de pouvoir parler à son fils. C'est donc à toi de voir. Si tu veux annuler, son numéro de téléphone est le : (604) 892-9244.

Je regarde où se trouve Mashiter Creek, à environ une demi-heure d'ici, et je décide de profiter du temps qu'il me reste pour m'attaquer à la série de dossiers que Keefe m'a donnée dans la jeep.

Dossier médical de Noah Bowman.

Rapport d'autopsie de Celina Kayo.

Résultats d'analyse de la GRC.

En espérant que tous ces documents m'aideront à mieux comprendre ce qui s'est passé il y a deux ans, et à convaincre Noah Bowman de bien vouloir me parler.

8.

MAISON DE CHRISTINE BOWMAN
MASHITER CREEK
12:06

« Mashiter Creek » est un point sur la carte, un lieu-dit sur lequel vient buter un long chemin de terre qui zigzague le long de la rivière Mamquam. Et même si mon compteur indique qu'il n'est qu'à vingt-huit kilomètres du centre-ville de Squamish, il pourrait tout aussi bien se trouver au fin fond du Canada, à des heures et des heures de route de la première habitation.

Je gare la jeep devant le haut portail de bois blanc sur lequel une petite plaque décorée de fleurs multicolores annonce la « Résidence Bowman », et je sors du véhicule en remarquant immédiatement la caméra vidéo de surveillance accrochée au-dessus de l'entrée. En contraste complet avec le style « Petite Maison dans la Prairie » du reste.

Puis j'appuie sur la sonnette et j'attends plusieurs minutes avant qu'une voix essoufflée me réponde à travers un petit haut-parleur.

– Oui ?

– Agent Kovacs. CSU. Un de mes collègues vous a appelée ce matin… Vous lui avez dit que je pouvais passer vous voir vers midi…

– Bien sûr… Entrez… Excusez-moi… J'étais dans mon atelier…

Le portail se déverrouille comme par magie et la « Résidence Bowman » apparaît enfin dans mon champ de vision : une impressionnante bâtisse de trois étages entre ranch américain et villa d'Europe du Sud, construite au pied d'une paroi rocheuse de plusieurs mètres de haut. Le tout assorti d'un immense jardin au fond duquel on peut discerner un petit cabanon à peine visible derrière de gros buissons de glycine. Probablement l'atelier dont vient de me parler Christine Bowman.

Je longe la porte en métal renforcé du sous-sol, elle aussi en contraste complet avec le reste du bâtiment, et je vois soudain apparaître devant moi la silhouette d'une femme d'une cinquantaine d'années.

Grande. Mince. Avec de longs cheveux noirs frisés lâchés jusqu'aux épaules et une robe couverte de motifs qui font de la concurrence sérieuse à ceux de la plaque du portail.

– Agent Kovacs ? Passez par là. C'est plus rapide…

Je m'engage sur le petit chemin qu'elle vient de m'indiquer et je la suis alors qu'elle fait le tour de sa maison. D'une démarche lente, nonchalante.

– Suivez-moi…

Elle me fait entrer dans son salon par une baie vitrée qui donne sur le jardin, et, une fois à l'intérieur, s'excuse en me montrant ses mains couvertes de taches de peinture.

— Asseyez-vous. Je reviens. J'en ai pour deux minutes.

Elle disparaît et j'en profite pour bien regarder autour de moi et vérifier si mes premières impressions étaient correctes. Et je souris. Parce qu'on peut difficilement faire plus New Age que ça.

Il y a des petites bougies posées partout, des poteries artisanales alignées le long d'étagères, un énorme bouddha en pierre posé à même le sol près de la fenêtre, et sur les murs, d'immenses tableaux qui mélangent peinture et tapisserie. Tous bâtis de la même façon : un cercle gris autour duquel différents motifs ont été agencés, le tout dégageant quelque chose d'étrange, d'hypnotique...

— Vous aimez ?

Je me retourne et je regarde Christine Bowman s'asseoir devant moi. Les taches de peinture en moins sur les mains.

— Oui. C'est vous qui les avez faits ?

— Oui. C'est la toute première série de tableaux sur laquelle j'ai vraiment travaillé sérieusement... Et elle ne date pas d'hier...

Elle me dévisage à son tour et se lance d'elle-même dans le vif du sujet.

— Vous voulez me poser des questions sur Noah, c'est bien ça ?

– Oui.

Son regard se voile.

– C'est à cause de l'incendie de l'église ?

– Entre autres.

– Vous ne pensez tout de même pas que Noah ait quoi que ce soit à voir avec ce qui s'est passé hier soir ?

– Non. Mais il est possible qu'il ait en sa possession des informations qui puissent nous aider.

Elle secoue la tête. Un peu gênée.

– Si j'étais vous, je ne compterais pas trop dessus...

– Pourquoi ?

– Parce que Noah vit en reclus depuis l'incendie du Phénix. Il ne veut voir personne. Il ne veut parler à personne. Il habite juste en dessous dans le sous-sol de la maison, dans une sorte de bunker en béton, sans fenêtre, qu'il a lui-même aménagé...

– Il ne sort jamais ?

– Non. À part moi et les docteurs qui l'ont suivi après l'incendie, il n'a pas eu de contact avec qui que ce soit depuis plus d'un an.

– Et son père ?

Elle baisse les yeux.

– Nous nous sommes séparés alors que Noah était encore bébé. Il n'a jamais eu de contact avec lui. Le seul père que Noah ait jamais connu est l'homme que j'ai épousé quelques années après sa naissance. Mais il n'habite plus ici...

– Vous n'êtes plus ensemble ?

– Non. L'incendie du Phénix n'a pas fait que les deux victimes dont ont parlé les journaux. Nous sommes encore amis, mais mes priorités sont aujourd'hui différentes... D'une certaine façon, les cinq mois que Noah a passés au service des grands brûlés du VGH[1] ont montré que même les couples les plus solides peuvent exploser sous des pressions extrêmes...

– Noah a encore aujourd'hui des séquelles physiques importantes ?

– Oui.

Elle ne tient visiblement pas à me donner de détails et j'hésite à insister.

– Vous ne voulez pas en parler ?

– Non. Pas vraiment... Ce n'est pas un sujet facile...

– OK.

J'enchaîne.

– Et mentalement ? Son comportement a-t-il beaucoup changé depuis l'incendie du Phénix ? A-t-il gardé des séquelles importantes de ce côté-là aussi ?

– Oui. Avant l'incendie, Noah était un jeune homme plein d'avenir... Ouvert, drôle, intelligent... Aujourd'hui, il est complètement instable. Il peut passer en une seconde d'une attitude parfaitement posée et normale à un comportement totalement irrationnel. Il a du mal à maintenir une conversation pendant plus de cinq minutes. Et il a peur tout le temps... Il est terrifié que

---

1. Vancouver General Hospital.

quelque chose d'autre puisse lui arriver. Il ne se sent en sécurité qu'ici.

– C'est pour cela que sa porte est blindée et que vous avez une caméra de surveillance accrochée à l'entrée ?

– Oui. Et parce qu'au début, nous avons reçu plusieurs menaces… Des lettres qui traitaient Noah de meurtrier… De fanatique… Qui lui souhaitaient d'aller brûler en enfer « avec les siens »… Les premiers mois après sa sortie d'hôpital n'ont pas été faciles…

– Votre fils a-t-il, ou avait-il, des tendances violentes ?

– Non. Au contraire. Noah n'aurait jamais fait de mal à une mouche avant l'incendie du Phénix, et encore moins aujourd'hui. C'est un non-violent comme on en rencontre peu. Il était déjà comme ça petit…

– Vous savez pourquoi il a rejoint les rangs du Phénix ?

À la panique qu'il y a soudain dans son regard, je sais déjà que sa réponse sera un mensonge.

– Non… Pas exactement… Je sais qu'il a commencé à être mal dans sa peau à la fac… Qu'il a commencé à se poser plein de questions à cette époque-là…

– Il était inscrit à la Fraser University, c'est bien ça ?

– Oui. Il préparait un diplôme de biologie animale… C'était sa passion. Il voulait devenir chercheur… Mais c'est alors qu'il était étudiant là-bas qu'il a rencontré Celina…

– Vous la connaissiez bien ?

– Non.

Sa réponse et la dureté de son ton me prennent un peu par surprise.

– Vous n'avez pas eu l'occasion de la connaître ou vous ne vouliez pas le faire ?

– Les deux. Noah n'avait pas particulièrement envie que je la rencontre, et les rares fois où je l'ai vue, cela s'est plutôt mal passé…

– Pourquoi ?

– Parce qu'elle était complètement immergée dans ce que j'appelle les « religions alternatives ». Elle ne parlait que de ça…

– Vous croyez que c'est à cause d'elle que Noah a rejoint les rangs du Phénix ?

– Oui.

Je repense au tour d'horizon que j'ai fait de la pièce en y rentrant et à l'absence totale de photos de famille.

– Vous avez des photos récentes de Noah ?

Elle me regarde. Horrifiée.

– Pardon ?

Je réalise de suite l'ambiguïté de ma question.

– Je voulais dire… Des photos qui datent de juste avant l'incendie du Phénix… La seule photo que nous ayons de lui est celle que les journaux ont utilisée il y a deux ans, celle qu'ils ont trouvée dans son dossier scolaire de fin de lycée.

– Non. Toutes les photos de Noah sont dans un carton au grenier. Nous avons fait un deal là-dessus il y a plusieurs mois. Pour essayer de marquer officiellement le départ d'une nouvelle vie pour lui.

– Cela a marché ?

– Non.

Je laisse volontairement un blanc avant de poser ma question suivante.

– Madame Bowman… J'aimerais pouvoir parler à Noah. Seule, en tête à tête.

– Désolée, mais je ne pense pas que cela puisse être possible.

– Vous pouvez quand même essayer de lui demander ? De ma part ?

Elle hésite.

– Pourquoi ?

Je décide d'être le plus honnête possible.

– Parce qu'il est la seule personne à savoir ce qui s'est vraiment passé il y a deux ans… Et que si l'incendie d'hier soir a quoi que ce soit à voir avec celui qui a tué Celina Kayo et dans lequel il a été gravement blessé, il peut nous aider… Non seulement à identifier la personne qui a mis le feu à l'église, mais aussi à trouver *la* preuve qui nous manque pour mettre fin aux activités de Jonas Mitchell…

La haine qu'il y a soudain dans son regard est impossible à rater.

– Vous pensez que l'incendie de Saint-Joseph peut vous permettre de rouvrir le dossier soi-disant clos du Phénix ?

– C'est possible.

Elle pousse un long soupir.

– Écoutez… Laissez-moi lui parler, quand il se réveillera. Il dort d'habitude pendant la journée et j'essaie de le déranger le moins possible. Si jamais il accepte de vous parler, et j'insiste bien sur le mot *si*, est-ce que vous pouvez repasser plus tard ce soir… Je ne sais pas… Vers les 22:00-23:00 ? Une fois que la nuit sera bien tombée.

– Sans problème.

– Je ne vous promets rien, mais je ferai de mon mieux pour essayer de le convaincre. Et dans tous les cas de figure, je vous rappelle pour vous dire comment cela s'est passé.

– Merci beaucoup.

Je me lève et je lui serre la main. Puis je sors de la pièce en jetant un dernier coup d'œil sur la série de tableaux accrochés au mur. Et plus précisément sur le chiffre écrit tout en bas à droite de chacun d'entre eux.

1975.

L'année de naissance de Noah Bowman.

9.

BED & BREAKFAST NEW ENGLAND
4200 MAPLE CRESCENT
14:37

Je retrouve Nick et Keefe dans le salon du B & B et je leur fais un bref résumé de mon entretien avec Christine Bowman avant de leur laisser la parole.
– Du nouveau du côté du Phénix ?
Keefe me montre l'écran de son portable.
– Non. J'ai dû composer leur numéro une bonne cinquantaine de fois, et rien. Soit ils ont décroché, soit ils sont en méditation tellement profonde qu'ils n'entendent même plus leur téléphone sonner.
– Tu as bien vérifié que le numéro était en service ?
– Oui. C'est juste qu'ils ne répondent pas. Et avant que tu me poses la question, oui, j'ai aussi essayé de voir si on avait la moindre chance d'obtenir un mandat pour fouiller le complexe du Phénix et interroger Jonas Mitchell sur ce qui s'est passé hier soir, et que dalle. Après le verdict d'il y a deux semaines, il nous faudra au moins une photo d'un des membres du Phénix avec un cocktail Molotov à la main, planté au

milieu de l'église Saint-Joseph, pour avoir la moindre chance d'obtenir un mandat. Malheureusement, ce n'est pas tout...

Il passe le relais à Nick.

– On a aussi interrogé plusieurs membres de la paroisse, ainsi que des riverains, et leurs témoignages varient du bizarre au tellement vague qu'on était en train de se les repasser pour essayer d'y voir plus clair quand tu es rentrée.

Il me montre une liste de noms écrite à la main sur l'une des grandes feuilles de papier que Keefe a épinglées sur les murs du salon.

– Témoin numéro 1 : M. Wallace, 73 ans, un retraité qui promenait son chien sur le trottoir qui longe le mur d'enceinte de l'église et qui dit avoir entendu un « bruit bizarre » vers les 23:30. Comme il n'avait pas ses lunettes, il n'est pas sûr de l'heure. Et comme il porte un appareil auditif, il n'est pas sûr non plus du type de bruit qu'il a entendu. Mais selon lui, il s'agissait, et je cite, « d'un bruit de moteur, mais pas comme celui d'une voiture ».

– Une moto ?

– C'est aussi ce qu'on a pensé, mais comme il n'a vu aucun véhicule, c'est impossible à confirmer.

Il passe au deuxième nom.

– Témoin numéro 2 : Mme Maguire. Une paroissienne de 68 ans qui dit avoir vu une personne habillée de noir « rôder » à plusieurs reprises autour du cimetière à la nuit tombée. Selon la description qu'elle nous a donnée, la personne en question aurait porté une veste à capuche qui cachait son visage et aurait eu l'air « nerveuse et suspecte » à chaque fois qu'elle l'a vue. Elle dit être incapable de pouvoir l'identifier et n'a même pas pu nous dire s'il s'agissait d'un homme ou d'une femme, d'une personne plutôt âgée ou plutôt jeune…

Il fait signe à Keefe d'enchaîner.

– Témoins numéro 3, 4 et 5… Des riverains qui habitent juste en face de l'église et qui nous ont tous dit que le terrain vague qui longe la paroisse était régulièrement utilisé comme point de rendez-vous par les jeunes de Squamish, et autres groupes de population plus ou moins douteux. Des déclarations à priori confirmées par le nombre de mégots de cigarettes, de canettes et de bouteilles d'alcool vides retrouvés sur place par Connie, Tariq et Larsen.

Je jette un coup d'œil à la liste.

– Témoin numéro 6 ?

Ils baissent tous les deux les yeux et c'est Keefe qui se lance en premier.

– Je sais que tu ne vas pas du tout aimer ça après ce que tu viens de nous dire, mais il s'agit d'un journaliste qui bosse pour le *Squamish Chief*, le journal de la vallée. Selon lui, le père O'Malley se serait donné pour mission depuis des années d'aider toute âme en difficulté et aurait essayé d'offrir son aide à Noah

Bowman juste avant sa sortie d'hôpital. Toujours selon lui, Noah Bowman aurait vu le prêtre arriver dans sa chambre d'hôpital et se serait lancé dans une attaque en règle du clergé catholique, avant de hurler au prêtre de le laisser tranquille.

– Ce qui ne fait pas obligatoirement de lui notre suspect numéro 1…

– Je sais, et je sais aussi que tu as le plus grand mal à considérer Noah Bowman comme autre chose qu'une victime. Mais en entendant ça, j'ai rappelé le VGH pour voir s'il avait été suivi pour des problèmes psychiques, et ils m'ont dit que c'était effectivement le cas. Il a apparemment montré tellement de signes d'instabilité mentale qu'ils l'ont fait examiner à plusieurs reprises par une psychologue. Et pour une fois, on a de la chance puisque la psy en question est notre chère Susan Estrada, qui dispense visiblement ses services en dehors du cadre du VPD[1] et du CSU.

Je souris en voyant l'expression mi-amusée mi-sérieuse de Keefe et je baisse les yeux en sentant mon portable se mettre à vibrer.

– Deux secondes…

Je me lève et je décroche.

– Agent Kovacs.

– Jonas Mitchell.

---

1. Vancouver Police Department.

Je m'arrête net et je plaque fort le combiné contre mon oreille.

– Comment vous avez eu ce numéro ?

– J'ai mes sources.

Je sens les regards de Nick et Keefe se braquer sur moi, et je passe vite dans le couloir pour pouvoir me concentrer à fond sur mon interlocuteur.

– Qu'est-ce que vous voulez ?

– Vous montrer quelque chose.

– Pas de problème. On peut se retrouver au commissariat de Squamish.

– Non. Si vous voulez qu'on se voie, c'est à vous de venir… Ici. Dans l'enceinte du Phénix.

Je me demande ce qui peut bien le pousser à prendre volontairement contact avec nous.

– Vous avez des informations sur l'incendie de l'église Saint-Joseph ?

– Oui et non. Vous verrez par vous-même… Vous avez une heure pour vous trouver devant mon portail, seule, sans arme, sans téléphone, sans beeper, sans montre ou autres objets de ce genre. Soit vous êtes ici à 16:00 pile, soit le deal est annulé. C'est à prendre ou à laisser.

Et avant que j'aie le temps d'accepter ou de refuser ses conditions, il raccroche.

10.

DOMAINE DU PHÉNIX
ALPEN MOUNTAIN
16:00

– Tu es sûre que tu ne veux pas que je vienne ?
– Sûre. Ça ne sert à rien de commencer à négocier ses conditions…

Je sors de la jeep et je regarde pendant un long moment le complexe qui se dresse devant nous.

Énorme… Entouré d'une épaisse forêt… Protégé par un mur d'enceinte de plusieurs mètres de haut, hérissé de barbelés et de caméras vidéo qui lui donnent un air de camp militaire.

– Tu es *vraiment* sûre que tu ne veux pas que je vienne ?
– Oui. *Vraiment.*

Je détache le portable et le beeper accrochés à ma ceinture et je les tends à Nick, avant de m'attaquer aux lanières de mon holster.

– Si je ne suis pas sortie d'ici une heure, improvise… Je ne sais pas… Frappe à la porte… Fais un petit signe à la caméra… Rappelle-leur que tu es toujours dans le coin…

– Ah ! Ah ! Très marrant.

Il sourit et attrape mon Beretta.

– Pendant que je suis à l'intérieur, si tu pouvais appeler le responsable de la brigade de pompiers de Squamish pour voir s'ils ont du nouveau, ce serait super.

– Pas de problème.

Je dégrafe le bracelet de ma montre et je la fais glisser dans la poche latérale de mon sac, soudain consciente d'un des premiers effets des conditions de Jonas Mitchell : une vague sensation de vulnérabilité et de désorientation, à l'idée de ne plus pouvoir me repérer avec précision dans le temps.

– OK…

Je vérifie une dernière fois que je n'ai plus rien sur moi qui pourrait être considéré comme une infraction aux règles de base du Phénix et je me dirige vers l'imposant portail qui me fait face.

Je me plante dans le champ des deux caméras braquées sur tout visiteur qui oserait s'approcher de trop près et j'attends que quelqu'un veuille bien m'ouvrir.

J'essaye de voir ce qui se trouve de l'autre côté de la série de barreaux… Apparemment un petit sas en béton qui doit servir de zone de sécurité supplémentaire, entre monde extérieur et Phénix…

Et pour la deuxième fois, en quelques minutes à peine, je me sens en position de vulnérabilité. À la fois regardée par Nick et par les deux caméras vidéo. Bien plus consciente qu'à l'ordinaire des vêtements que je porte, de la façon dont je me tiens et du degré de confiance et de nervosité que mes gestes pourraient trahir.

Et soudain, le portail du Phénix s'ouvre avec un long grincement.

Je m'avance dans une petite pièce de type bunker qui sert effectivement de sas entre secte et monde extérieur, et, comme prévu, la porte d'entrée se referme derrière moi et une autre s'ouvre devant… Révélant un décor en contraste complet avec celui dans lequel je me trouve.

Je prends quelques secondes pour m'habituer au changement de lumière et j'entre enfin dans le cœur même de la secte : une série de bâtiments préfabriqués posés autour d'un jardin décoré d'étranges sculptures… Toutes représentant un oiseau entouré de flammes.

– Madame Kovacs ?

Je me retourne et je dévisage l'homme en train de s'approcher de moi.

Cheveux gris, mi-longs.

Vêtements noirs, capuche baissée sur les épaules.

Silhouette efflanquée.

Et un regard sombre, tellement sombre qu'il est presque impossible de faire la différence entre iris et pupille.

– Agent Kovacs…

Il complète les quelques mètres qui nous séparent et s'incline vers moi en guise de salutation.

– Bonsoir, Jonas Mitchell. Merci d'avoir respecté les règles que je vous ai fixées au téléphone.

Je hoche la tête pour éviter d'avoir à lui dire « de rien », et me mettre d'emblée en position d'infériorité, et je jette vite un regard autour de moi, pour voir si je peux repérer l'un de ses « disciples ».

Mais à part l'homme qui se tient devant moi, l'endroit semble totalement désert.

– C'est l'heure de notre troisième séance de méditation de la journée. C'est pour cela que vous ne verrez personne.

Je note que Jonas Mitchell a dû développer un sens aigu de l'observation, à force de contrôler les gens qui l'entourent, et je ne peux m'empêcher une petite touche de sarcasme.

– Ça, et parce que vous ne souhaitiez pas particulièrement que je puisse communiquer avec qui que ce soit.

– Aussi.

Il sourit et me fait signe d'entrer dans l'un des bâtiments qui nous entourent.

– Après vous…

Je passe devant lui et j'entre dans une large pièce qui semble lui servir de bureau, décorée de tableaux alternant représentations de Phénix et cycle lunaire.

– Asseyez-vous…

Je prends place dans le fauteuil qu'il m'indique pendant qu'il s'installe devant moi, sur un sofa qui lui permet à nouveau de prendre le dessus. D'écarter les jambes et les bras pour occuper un maximum d'espace, alors que mes mouvements sont limités par deux accoudoirs.

Et pour essayer de compenser un peu, j'entre la première dans le vif du sujet.

– Monsieur Mitchell, vous m'avez dit au téléphone que vous vouliez me montrer quelque chose...

– C'est exact. Je voulais aussi faire votre connaissance.

Je ne sais pas quoi penser de sa dernière remarque.

– Vous pouvez me dire de quoi il s'agit ?

– Naturellement...

Il tend la main et attrape un des dossiers posés sur la table basse qui nous sépare ; juste à côté d'un petit bloc de pierre à la texture étrange, parsemée de cristaux ocre et blancs.

– C'est un bout de météorite, retrouvé dans la Vallée du Feu au Nouveau-Mexique il y a environ trente ans.

Je suis tendue malgré moi en réalisant que c'est la deuxième fois qu'il répond à une question que je ne lui ai pas posée.

– C'est un objet qui a une signification particulière pour vous ? Un lien avec les principes que vous enseignez ?

– Oui. C'est une preuve que même confronté à la barrière de feu que représente l'atmosphère de notre planète, un élément assez résistant peut survivre à des conditions extrêmes.

— Comme quelqu'un de « résistant » pourrait survivre à un incendie ?

— Je n'ai jamais dit ça. Mais vous savez comme moi que toute expérience traumatisante — qu'elle soit physique ou mentale — ne peut que vous rendre plus fort.

— Sauf si elle vous détruit complètement.

— Et c'est bien pour cela qu'autant de gens se tournent vers des religions pleines d'artifices, comme celle de la paroisse Saint-Joseph, au lieu d'affronter la vérité en face.

— À savoir ?

— Que les expériences douloureuses ne doivent pas être évitées mais exploitées, appréciées pour le pouvoir qu'elles ont de transformer nos vies…

Il me regarde droit dans les yeux.

— Ce qui est bien sûr quelque chose que vous connaissez personnellement, n'est-ce pas, agent Kovacs ?

— Pardon ?

Il lâche un petit soupir pour essayer de me déstabiliser encore plus.

— Je viens de vous voir enlever votre holster et le reste de vos affaires alors que vous étiez sur le parking avec votre collègue. Vous êtes clairement droitière. Et pourtant, vous portez votre montre au poignet droit. Ce qui m'amène à penser que vous avez dû souffrir à un certain stade de votre vie d'un problème physique plutôt catastrophique pour qu'il vous ait forcée à changer votre montre de poignet – et à la porter encore sur le mauvais.

Il se redresse dans le canapé et me regarde bien en face.

– Qu'est-ce qui vous est arrivé, agent Kovacs ?

– Rien. C'est juste une vieille habitude.

– Comme de porter des vêtements sombres pour essayer d'imposer plus facilement votre autorité ? Ou de tout faire pour maintenir votre coéquipier à distance ?

Je le foudroie du regard.

– Écoutez, je ne suis pas venue ici pour discuter de la position de ma montre ou de la couleur de mes vêtements. Je suis venue ici parce que quelqu'un a mis le feu à l'église Saint-Joseph, et que les soupçons semblent se porter sur vous et sur les membres de votre secte.

– Le Phénix n'est pas une secte.

– Et c'est quoi ?

– Une communauté de personnes qui ont choisi d'affronter ce que la majorité des gens passent leur temps à essayer d'éviter. Et ce, afin de pouvoir accéder à un niveau de conscience qui leur permet d'apprécier les choses avec un degré de lucidité bien supérieur à la normale.

– Vous voulez dire que vous soumettez les personnes sous votre contrôle à des situations physiques et mentales extrêmes, pour leur permettre d'avoir une *meilleure* qualité de vie ?

– Je ne soumets personne à quoi que ce soit. Toutes les personnes qui vivent au sein de cette communauté sont majeures et volontaires. Je pensais que le verdict d'il y a deux semaines aurait au moins réussi à établir ça pour de bon.

Je ne suis pas d'humeur à démonter un par un les principes absurdes de sa secte.

– Ce sont les documents que vous vouliez me montrer ?

Je pointe l'index vers le dossier qu'il tient entre les mains.

– Oui.

Il me tend une série de documents : photos noir et blanc, photocopies de lettres, factures détaillées de téléphone, etc.

– Comme vous pouvez le voir, la personne sur laquelle vos soupçons devraient se porter ne se trouve pas ici.

Je regarde les photos – toutes des clichés de caméras vidéo de surveillance montrant une voiture de police garée sur le parking du Phénix – et alors que je fais mon possible pour essayer de reconnaître la personne assise à l'intérieur du véhicule, Jonas Mitchell répond pour la troisième fois à une question que je ne lui ai pas posée.

– La personne qui se trouve à bord est Darren West, le shérif de Squamish. J'imagine que vous l'avez déjà rencontré… Vous pouvez vérifier avec le numéro d'immatriculation du véhicule qu'il s'agit bien de sa voiture de service, et je suis sûr qu'avec l'accès que vous avez aux ressources scientifiques du FBI, vous n'aurez aucun problème à obtenir une version haute définition de ces clichés qui vous permettra d'identifier formellement de qui il s'agit.

Je me demande comment Jonas Mitchell a pu apprendre que j'étais affiliée au FBI.

— Quant au reste des documents, ils vous permettront d'établir que M. West n'a cessé de me harceler depuis la tragédie d'il y a deux ans. Et qu'il a continué à le faire, *après* le verdict d'il y a deux semaines.

— Et ?

— Et j'aimerais que vous l'interpelliez pour non-respect de l'ordre d'injonction que le juge lui a imposé.

La dernière chose à laquelle je m'attendais.

— Je suis désolée, mais j'ai vraiment autre chose à faire en ce moment.

— Comme ?

— Retrouver la ou les personnes qui ont mis le feu à l'église Saint-Joseph.

Il émet un petit son de désapprobation en faisant claquer plusieurs fois sa langue contre son palais.

— Agent Kovacs... Vous me décevez... Je pensais que vous saviez déjà à qui vous aviez affaire depuis un bon moment...

— Qu'est-ce que vous voulez dire par là ?

Il me dévisage des pieds à la tête.

— Que les paroissiens de l'église Saint-Joseph ne sont pas comme vous. Comme nous... Que ce sont des gens faibles, incapables de comprendre ce que cela fait de repousser au maximum ses limites physiques et mentales... De pouvoir obliger son corps à tout faire... Par la seule force de l'esprit...

Je fais comme si je n'avais rien entendu et j'enchaîne.

— Vous avez autre chose à me montrer ?

— Non.

— Et vous pouvez me dire où vous étiez, hier soir, autour de minuit ?

Il sourit.

— Il vous en a fallu du temps pour me poser la seule question qui a le plus d'importance pour vous...

Je ne réagis pas et j'attends qu'il continue.

— Ici. Avec mes disciples.

— Vous avez un moyen de le prouver ?

— Oui. Cinquante-huit témoins et ça...

Il me tend une autre photo de caméra de surveillance sur laquelle on peut le voir en train de parler à Darren West, juste devant le portail de la secte.

Une photo datée du 27/09.

Prise à 22:52.

— M. West a passé une bonne partie de sa soirée garé sur le parking de notre complexe, comme il le fait régulièrement depuis des mois. Sauf qu'hier soir, il est sorti de son véhicule et s'est mis à hurler toutes sortes de menaces pour essayer d'intimider mes disciples. Et ce, malgré la hauteur et l'épaisseur de notre mur d'enceinte... C'est la raison pour laquelle je suis sorti. Exceptionnelle-ment. Pour essayer de m'expliquer avec lui.

Je regarde attentivement le cliché.

— Et je sais déjà ce que vous allez me dire... Que j'ai très bien pu changer la date et l'heure imprimées dans l'angle de la photo que vous avez entre les mains. Mais ce n'est pas le cas. Vous n'avez qu'à demander à M. West. Il est resté sur le parking jusqu'à environ 23:00 et aucun d'entre nous n'est sorti du complexe de toute la soirée. Et vu que nous n'avons aucun véhicule à notre disposition, ce document devrait mettre une bonne fois pour toutes fin aux rumeurs qui semblent foisonner sur le soi-disant rôle que le Phénix aurait joué dans l'incendie de l'église Saint-Joseph.

— Vous avez la cassette complète de ce qui s'est passé hier soir sur le parking ?

— Oui.

— Vous pouvez me la donner ?

— Non. Elle fait partie des archives privées du Phénix.

— Comme la vérité sur ce qui s'est passé il y a deux ans ?

Son visage se durcit brusquement.

— Vous savez très bien que vous n'avez pas le droit de me poser des questions sur l'accident d'il y a deux ans.

– Je sais. Mais je sais aussi qu'il s'agirait d'une terrible coïncidence si les principes de votre secte n'avaient rien à voir avec ce qui est arrivé à Celina Kayo et à Noah Bowman. Vous savez... Légende du Phénix... Notion de purification et renouveau par le feu...

Il se tend encore plus.

– Pour la deuxième fois, agent Kovacs, je n'ai aucune intention de vous parler de ce qui est arrivé à Noah et Celina.

Je remarque qu'il vient d'inverser l'ordre des deux noms.

– Pourquoi ?

– Parce que cela fait partie des épisodes tragiques de notre communauté sur lesquels je préférerais ne pas avoir à revenir.

– Je croyais que les événements tragiques devaient justement être « appréciés » et non pas ignorés.

Il me regarde droit dans les yeux et l'intensité soudaine de son regard me prend totalement par surprise.

– Vous pensez avoir réponse à tout, n'est-ce pas, agent Kovacs ? Vous pensez pouvoir débarquer ici et critiquer notre mode de vie sans vous exposer aux moindres représailles ? Tourner en dérision les principes qui nous sont chers et ne vous exposer à aucun châtiment en retour ?

– Vous êtes en train de me menacer ?

– Non. Ce que je suis en train de vous dire, c'est qu'il y a un prix à payer pour tout, agent Kovacs. Et qu'avec le métier que vous faites, vous n'avez aucune chance d'échapper au Royaume des Ombres. Que vous êtes destinée à passer le reste de votre vie à payer pour tout ce que vous avez fait, pour tout ce que vous n'avez pas fait... Parce que je sais ce qui se cache derrière vos apparences de femme pleine d'autorité et de compassion... Un tueur. Quelqu'un qui est prêt à risquer sa propre vie, et celle de tous ceux qui l'entourent, pour arriver à ses fins...

Je me lève brusquement, incapable de l'écouter ne serait-ce qu'une seconde de plus.

– C'est tout ce que vous aviez à me montrer ?

Je brandis la poignée de documents qu'il vient de me donner.

– Oui.

Et avant qu'il ait le temps d'ajouter quoi que ce soit, je m'en vais retrouver Nick sur le parking.

11.

DOMAINE DU PHÉNIX
ALPEN MOUNTAIN
16:23

— Alors ?
— Alors rien.

Je remonte à bord de la jeep et je claque la portière derrière moi, tellement furax que j'ai du mal à articuler mes mots.

— C'est juste un malade de première qui pense pouvoir s'en tirer quoi qu'il fasse.
— Il t'a dit quelque chose de nouveau, sur l'incendie d'hier soir ?
— Non.
— Et sur celui d'il y a deux ans ?
— Non plus.

Je réalise que Jonas Mitchell peut encore nous voir, grâce aux deux caméras vidéo braquées sur le parking de sa secte.

— On peut y aller ? En parler sur la route ?
— OK…

Il met le contact sans rien ajouter, visiblement pris de court par ma mauvaise humeur, et attend d'avoir parcouru plusieurs kilomètres avant de reprendre.

– Ça va ?

Je me force à lui répondre.

– Oui.

Je replace mon portable et mon beeper sur ma ceinture et j'enfile le bracelet de ma montre autour de mon poignet droit... En sentant de nouveau la colère m'envahir.

– Ça n'a pas l'air...

Il ralentit et me regarde bizarrement.

– Il s'est passé quelque chose ?

– Non. Il a juste essayé de me déstabiliser. C'est tout.

– Et ?

– Il a en partie réussi.

– Tu plaisantes ?

– Non.

– Écoute, tu l'as dit toi-même, il est fou à lier. Ne fais pas attention à ce qu'il t'a dit...

Je reste de marbre.

– Il a essayé de t'avoir ? Je veux dire, de façon personnelle ?

– Oui.

– Et tu ne veux pas en parler...

– Non.

Il secoue plusieurs fois la tête.

– OK, j'ai compris… Est-ce que tu peux au moins me dire s'il t'a donné des informations que nous n'avions pas encore ?

– Oui. Il nous a donné ça…

Je lui montre le dossier posé sur la banquette arrière.

– Des photos et des documents qui semblent prouver que Darren West le harcèle depuis des mois… Et qu'il a continué à le faire *après* le verdict d'il y a deux semaines.

– Ce qui n'est que très moyennement surprenant…

– Sauf qu'une des photos semble aussi prouver qu'hier soir, Darren West se trouvait sur le parking du Phénix et qu'il a menacé verbalement et physiquement Jonas Mitchell.

– Tu sais à quelle heure ?

– Oui. Selon Jonas Mitchell, l'incident se serait déroulé autour de 23:00 et le shérif aurait quitté le parking peu après.

– Merde…

Nick gare la jeep sur le bas-côté et sort vite un carnet de sa poche.

– J'ai appelé, comme tu me l'as demandé, le responsable de la brigade de pompiers de Squamish et j'ai remarqué un truc bizarre dans ce qu'il m'a dit. Attends…

Il feuillette son carnet et me lit ce qu'il a noté sur l'une des pages.

– Que, et je cite : « le shérif n'est arrivé sur les lieux que vers minuit dix, minuit vingt. Une bonne demi-heure après nous. » J'ai appelé Cortez pour confirmer et il m'a dit exactement la même chose. Sauf que selon sa version des faits, Darren West était chez lui en train de dormir, et que c'est pour cela qu'il n'a pas entendu son beeper sonner... Que c'est pour cela qu'il est arrivé aussi tard sur les lieux...

– Ils étaient tous sûrs de l'heure ?

– Oui. L'appel que le père O'Malley a passé au standard du 911 a été enregistré à 23:51, et le shérif a été appelé dans les deux ou trois minutes qui ont suivi. Et vu qu'il faut environ une heure pour faire Le Phénix-Squamish, Darren West a manifestement menti à son adjoint. À moins d'avoir roulé à deux cents à l'heure sur des sentiers et des routes de montagne – ce qui est physiquement impossible – il n'y a aucune chance qu'il ait pu être en plein sommeil quand l'incendie s'est déclaré. Ce qui veut dire que Jonas Mitchell t'a menti...

– ... Ou que Darren West a menti à Cortez.

J'attrape mon portable et je compose de suite le numéro du shérif.

– West.

Il me répond avec un ton tellement abrupt que je ne peux m'empêcher de faire de même.

– Kovacs. J'ai besoin de vous parler. C'est urgent.

– Donnez-moi deux secondes.

Je l'entends parler à quelqu'un, sa voix noyée derrière des bruits de circulation, et j'attends.

Assez longtemps pour que ma mauvaise humeur augmente encore de plusieurs crans.

– Agent Kovacs ? C'est bon. Allez-y...

– Non. Pas au téléphone. J'aimerais qu'on se voie. En privé.

– Ça ne peut pas attendre ? Je suis en plein rapport d'accident... Un carambolage sur le Highway #99...

– Non.

Je l'entends marmonner quelque chose qui m'était probablement destiné et se remettre à parler à quelqu'un. Apparemment un autre officier de police.

Puis il me fait de nouveau attendre plusieurs minutes avant de reprendre.

– Agent Kovacs ? Toujours là ?

– Oui.

– OK. C'est bon. L'unité de la GRC peut finir sans moi.

Il fait une nouvelle pause et je dois faire des efforts pour ne pas exploser.

– Vous pouvez me retrouver chez moi ? D'ici une heure ?

– Si vous voulez.

– Il faut que j'y passe avant de retourner au commissariat... Mon adresse est le 11 Kintyre Drive. Garibaldi Highlands. C'est le quartier qui se trouve juste derrière le terrain de golf du même nom. Vous voyez à peu près où c'est ?

– Oui. J'ai un plan de la ville.

– Je devrais pouvoir y être autour de 18:00... Est-ce que cela sera *assez* rapide pour vous ?

Le sarcasme qu'il y a dans sa voix ne pourrait même pas être atténué par le passage d'un semi-remorque.

– Oui. C'est assez rapide pour moi...

– Excellent.

Il raccroche aussi brusquement qu'il avait décroché et je regrette de m'être laissé entraîner dans son engrenage d'agressivité verbale, et de ne pas avoir réussi à lui imposer ma façon de communiquer.

12.

MAISON DE DARREN WEST
11 KINTYRE DRIVE
18:06

Je gare la jeep devant l'adresse que le shérif vient de me donner et la première chose que je remarque est l'état de son jardin. Une bande de gazon entourée de parterres de fleurs, qui a dû former dans son temps un joli petit jardin à l'anglaise, mais qui n'a visiblement pas été entretenu depuis un bon moment.

Puis je note que sa voiture de service n'est garée ni dans la rue, ni devant le garage, et je frappe à la porte de sa maison, sans grande conviction, persuadée qu'il n'est pas encore rentré.

J'attends plusieurs secondes, vaguement mal à l'aise d'avoir à l'interroger chez lui, dans un univers dont j'ignore tout, quand sa porte d'entrée s'ouvre soudain.

– Oui ?

Je lève les yeux et je me retrouve nez à nez avec un adolescent d'une quinzaine d'années.

T-shirt noir. Jean noir. Chaussures noires. Un long skate-board décoré de motifs indéchiffrables pour les non-initiés coincé sous le bras.

– Bonjour. Mon nom est Kate Kovacs. J'ai rendez-vous avec Darren West...

– C'est vous, l'agent du FBI ?

– Oui.

Il me regarde bizarrement.

– Et c'est vous qui vous occupez de l'enquête sur l'incendie de Saint-Joseph ?

Je ne sais pas trop quoi penser de sa surprise.

– Oui. Pourquoi ?

– Pour rien. Je pensais juste que vous étiez un mec.

Il fait un pas en arrière et ouvre la porte en grand.

– Allez-y. Entrez. Mon père vient juste d'appeler pour dire qu'il serait un peu en retard.

Puis il se retourne et se met à hurler à travers la maison.

– Maman !! C'est la nana du FBI ! Je te l'envoie !

Il jette son skate-board sur la pente du garage et saute dessus à pieds joints, tout en me donnant ses dernières instructions.

– Ma mère est dans la véranda. Traversez la salle à manger, prenez la première porte à gauche et continuez tout droit. Vous ne pouvez pas vous tromper... Et si jamais elle vous demande où je suis, dites-lui que je suis allé faire du skate avec Mateo. Elle comprendra. À plus !

Puis il s'élance vers la rue dans un bruit de roulements à billes assourdissant.

Je traverse la maison en suivant ses instructions, et quand je vois la femme d'une quarantaine d'années qui m'attend à l'intérieur de la véranda, il me faut physiquement prendre sur moi pour ne pas réagir à la dizaine de détails qui m'assaillent au même moment.

Le foulard qu'elle porte sur la tête.

La texture cireuse de sa peau.

La tristesse qu'il y a dans son regard.

Et son corps, squelettique, allongé sur un sofa qui semble trois fois trop grand pour elle.

– Entrez... Mon mari ne devrait pas être long...

– Vous êtes sûre ? Je peux revenir plus tard, si vous voulez.

– Non, non... C'est bon... Asseyez-vous...

Elle me voit hésiter et ajoute d'une seule traite :

– Sauf, bien sûr, si vous avez autre chose à faire.

Comme pour m'offrir une porte de sortie, me donner l'opportunité de quitter au plus vite cette pièce pour ne pas avoir à contempler ma propre mortalité en passant du temps avec elle. Je lui réponds catégoriquement « non », pour la mettre aussi à l'aise que possible, avant de m'asseoir dans l'un des fauteuils qui lui font face.

– Je vois que vous avez déjà fait la connaissance de mon fils...

– Oui. Mais alors, on ne peut plus brièvement.

– Ça devait donc bien être lui...

Elle sourit et fait semblant d'avoir à se souvenir.

– Environ 15 ans ? T-shirt et pantalon noirs ? Un skate-board sous le bras, sous les pieds ou accroché dans le dos ? Des cheveux qui auraient besoin d'un bon shampooing ?

Je joue le jeu.

– Oui. Ça devait bien être lui… Il s'appelle comment ?

– Dominic.

– Vous avez d'autres enfants ?

– Non. Heureusement.

Le silence qui suit est lourd. Chargé. Et l'idée qu'elle puisse trouver une forme de réconfort à ne laisser derrière elle qu'un seul enfant ne fait qu'augmenter le malaise que je ressens déjà.

Elle essaye de se redresser un peu sur le sofa pour mieux me faire face, en grimaçant de douleur. Et mon instinct prend de suite le dessus.

– Vous avez besoin d'aide ?

Elle semble surprise par ma réaction.

– Oui. Merci. Si vous pouviez pousser un peu le coussin qu'il y a juste là…

Je me lève et je l'aide à changer de position. En enveloppant les os saillants de sa clavicule avec mes doigts.

– C'est mieux, comme ça ?

Elle serre fort les yeux pour lutter contre une nouvelle vague de douleur et arrive à peine à hocher la tête pour me répondre. Et il lui faut ensuite plusieurs minutes avant de pouvoir me parler à nouveau.

– Oui, c'est bon. Merci.

Il y a de nouveau un long silence pendant lequel elle me regarde fixement, comme si elle voulait s'assurer que je n'allais pas lui filer entre les doigts si elle se mettait à parler d'autre chose que de la pluie et du beau temps... Et elle abandonne d'un coup toutes les mondanités pour aller droit au but. Avec cette approche un peu brusque qu'ont parfois les gens qui n'ont plus beaucoup de temps devant eux.

– C'est un cancer généralisé. J'en ai pour deux ou trois mois. Pas plus.

J'essaye d'adopter la même approche.

– Votre fils est-il au courant ?

– Oui et non. Il sait que c'est un cancer, mais il m'a vue tellement de fois en rémission que je ne suis plus trop sûre de ce qu'il pense... À part évidemment qu'il préférerait être n'importe où que sous ce toit...

Je repense soudain au message que j'étais censée lui transmettre.

– Au fait, il m'a dit de vous dire qu'il était allé faire du skate-board avec... « Mateo », c'est bien ça ?

– Oui. C'est son meilleur ami. Il passe l'essentiel de son temps chez lui.

– Et avec votre mari ? Ça se passe comment ?

– À peu près de la même façon. Avec juste de légères variations... Il travaille comme une brute, souvent à n'importe quelle heure du jour et de la nuit... Et je ne serais pas surprise s'il se mettait à s'inventer de nouvelles affaires, ne serait-ce que pour ne pas avoir à passer de temps avec moi... Non pas que je lui jette la pierre... Au contraire. Je comprends parfaitement bien son attitude et celle de Dominic. Et je pense même parfois que c'est mieux comme ça... Que c'est mieux qu'ils me voient le moins possible dans cet état...

J'ai envie de lui crier que non. Qu'ils devraient au contraire essayer tous les trois de profiter au mieux du peu de temps qu'il leur reste, aussi difficile la situation soit-elle. Mais comme si elle pouvait lire mes pensées, elle enchaîne en changeant de sujet.

– Vous travaillez avec Darren sur l'incendie de l'église, c'est bien ça ?

– Oui.

– Et vous avez déjà des pistes ?

J'essaye de lui répondre de la façon la plus vague possible.

– Pas vraiment.

Elle sourit.

– Désolée... Je devrais pourtant avoir l'habitude... Vous ne pouvez pas parler d'une enquête en cours...

Elle hésite avant de continuer.

– C'est juste que si vous pouviez enfin coincer le leader du Phénix, grâce à ça, je ne paniquerais pas autant à l'idée de laisser Dominic tout seul avec son père.

Je ne suis pas sûre de comprendre le sens de sa phrase et elle lit immédiatement la confusion sur mon visage.

– Je veux dire qu'il travaillerait peut-être moins... Qu'il recommencerait peut-être à aller à la pêche ou à faire du camping avec son fils... Qu'il n'aurait peut-être plus tout le temps l'esprit occupé par cette affaire...

J'entends la porte d'entrée s'ouvrir et se refermer brusquement, puis quelqu'un traverser la maison à grands pas.

– Chérie ?

Le shérif apparaît dans le salon et s'approche de sa femme en m'ignorant complètement.

– Désolée... Je suis en retard... Donne-moi deux secondes...

Il ressort de la pièce, toujours en m'évitant du regard, et se dirige vers la cuisine. Et en l'entendant ouvrir la porte du frigo, je comprends ce qu'il est sur le point de faire – et la raison de ses absences répétées au cours de la journée – et je regrette encore plus de l'avoir brusqué tout à l'heure.

Je me lève et je m'avance vers sa femme.

– Vous pouvez dire à votre mari que je l'attends dehors, dans la jeep garée juste devant chez vous ? Qu'il prenne tout le temps dont il a besoin.

Elle a l'air déçue que je parte.

– Vous pouvez attendre ici qu'il ait fini, si vous voulez. Cela ne me dérange vraiment pas.

– Non. C'est bon. Pour une fois qu'il est avec vous, profitez-en...

Elle sourit et me tend la main.

– Au fait, je m'appelle Hannah. Et vous ?
– Kate.

Je lui serre la main en essayant d'utiliser le moins de force possible, et je sors en lui disant au revoir.

Le plus vite possible.

Juste à temps pour ne pas avoir à croiser le regard du shérif qui traverse le salon. Une ampoule de morphine à la main.

13.

MAISON DE DARREN WEST
11 KINTYRE DRIVE
18:19

— Alors, vous vouliez me parler de quoi ?

Le shérif s'assoit sur le siège passager de la jeep et claque la portière derrière lui.

Le regard fuyant.

La mâchoire serrée de colère.

En tout et pour tout, il n'a dû passer que trois minutes avec son épouse.

— Vous avez déjà fini ?

Il me jette un regard assassin.

— Oui. Ce n'est pas sorcier. Sans compter que je commence à avoir de la pratique.

Je laisse volontairement un blanc pour lui donner l'opportunité de se calmer un peu et j'essaie de reprendre cette conversation sous de meilleurs auspices.

— Écoutez… Je suis vraiment désolée pour votre épouse…

— Ouais… C'est ce que tout le monde me dit… Même si, personnellement, je ne vois pas trop comment on peut être « désolé » d'un truc pareil… Mais j'imagine que ce n'est pas pour cela que vous m'avez fait quitter de toute urgence les lieux d'un accident de la route.

—Non. Il y a quelque chose que j'aimerais éclaircir avec vous… Et je voulais vous donner l'opportunité de le faire en privé.

—Vraiment ? Merci… C'est vraiment très généreux de votre part…

De nouveau, il me faut lutter pour ne pas réagir à la tonne de sarcasme qu'il vient de mettre dans son commentaire.

—Monsieur West, j'ai besoin de savoir où vous étiez quand le feu s'est déclaré hier soir dans l'église.

—Pourquoi ?

—Parce que vous avez dit à votre adjoint que vous dormiez, que vous n'aviez pas entendu votre beeper, et que c'est la raison pour laquelle vous aviez mis plus de temps que vous n'auriez dû pour arriver sur les lieux.

—Et ?

—Il semblerait que vous lui ayez menti.

Il soupire.

—Désolé. Mais l'endroit où je me trouvais hier soir, et ce que je faisais à ce moment-là, ne vous regarde pas.

J'essaie une nouvelle approche.

—Monsieur West… Je sais que cette enquête vous tient à cœur et je ne peux qu'imaginer la frustration que vous devez ressentir en ce moment… Mais croyez-moi, je suis dans votre camp. J'ai autant envie que vous de découvrir qui a fait brûler l'église Saint-Joseph – et si possible, de mettre fin aux activités de Jonas Mitchell, s'il s'avérait qu'il ait quoi que ce soit à voir avec cette affaire.

– J'en doute.

Cette fois-ci, je ne peux m'empêcher d'exploser.

– Vous en *doutez* ? ! Qu'est-ce que vous voulez dire, par là ? Que je ne vais pas faire mon travail ? Que je suis ici pour boucler un dossier bidon et retourner au plus vite dans mes quartiers ? !

– C'est bien ce que l'équipe de la GRC a fait.

– Vous pensez que l'équipe de la GRC n'a pas fait son travail ?

– Non. Mais ils n'ont pas assez creusé. Ils sont restés ici quelques jours et ils sont repartis en nous laissant ce dingue à portée de main.

– Et vous pensez qu'en « creusant » un peu plus, on pourrait trouver quelque chose contre lui ?

– Oui.

– Vous en êtes sûr ?

– Non. Mais ça ne m'empêchera pas pour autant d'essayer.

Il y a de nouveau un silence entre nous, et pour la troisième fois en quelques minutes à peine, il me prend par surprise en changeant complètement de sujet.

Et de ton.

Sa voix soudain à la limite du murmure.

– Ma femme m'a dit que vous aviez l'air d'être quelqu'un de bien.

– Et cela change quoi que ce soit ?

– Peut-être... Elle sait mieux que personne juger ce genre de choses.

Il hésite.

– Si je vous dis où j'étais quand l'incendie s'est déclaré, vous serez bien sûr obligée de le mettre dans votre rapport ?

– Oui.

– Et si je ne vous le dis pas, vous allez tout faire pour le découvrir... Peu importe l'impact que cette information pourrait avoir sur votre enquête...

– Aussi.

Il secoue la tête. Comme écœuré par l'absurdité de cette situation.

– Vous savez quoi ? Si je vous dis où j'étais, Jonas Mitchell s'en tire une fois de plus... Et c'est retour à la case départ pour tout le monde. Le Phénix continue impunément à contrôler la vie de dizaines de personnes et son leader continue à s'en mettre plein les poches...

– Vous voulez dire que l'endroit où vous étiez exonère complètement Jonas Mitchell de l'incendie de l'église Saint-Joseph ?

– Non. Je n'ai pas dit ça. Je continue à penser que Jonas Mitchell est impliqué jusqu'au cou dans cette affaire, comme dans celle d'il y a deux ans. Mais ce n'est pas lui qui a mis le feu à l'église.

– Vous en êtes sûr ?

– Oui... Belle ironie du sort, non ? Je fais tout depuis des mois et des mois pour le coincer, et à la première occasion que j'ai enfin de le faire, c'est moi qui suis le mieux placé pour lui donner un alibi en béton...

Même si ce qu'il vient de me dire fait avancer notre enquête d'un grand pas, je ne peux m'empêcher de partager sa frustration.

Je pose la nuque sur le repose-tête de mon siège.

– Alors, agent Kovacs, vous êtes toujours sûre de vouloir savoir où j'étais hier soir ?

Je me retourne pour bien lui faire face.

– Oui.

Et il se lance enfin. D'un ton tellement monocorde que sa voix semble descendre de plusieurs octaves.

– Quand le feu a pris dans l'église, j'étais sur le parking du Phénix. Ou plus exactement, j'étais en train de rentrer chez moi après avoir passé une bonne partie de la soirée sur le parking du Phénix.

– Vous avez un moyen de le prouver ?

– Oui. J'ai eu une altercation plutôt musclée avec Jonas Mitchell devant le portail de sa secte. Et j'imagine qu'elle a été enregistrée par l'une de ses caméras vidéo.

– Vous savez bien que vous n'avez pas le droit de vous approcher de lui ou de ses disciples...

– Comme si cela allait m'arrêter.

Je décide de ne pas lui dire que Jonas Mitchell va probablement le traîner en justice pour l'incident en question.

– Monsieur West... Vous pouvez me dire à quelle heure vous êtes arrivé à Squamish ?

– Vers les minuit dix, minuit vingt... J'ai entendu l'appel du Central sur mon scanner alors que j'étais sur la route et j'ai fait exprès de ne pas répondre quand mon beeper et mon portable se sont mis à sonner. Pour ne pas avoir à révéler l'endroit où je me trouvais.

– Cela vous arrive souvent de passer vos soirées sur le parking du Phénix ?

– Oui. Surtout les soirs de pleine lune. Comme c'était le cas hier.

– Pourquoi ?

– Parce que c'est pendant ces périodes-là qu'ils organisent leurs rituels les plus dangereux.

– Comme ?

– Celui qui a coûté la vie à Celina Kayo, il y a deux ans.

– L'incendie d'il y a deux ans a eu lieu un soir de pleine lune ?

– Oui. C'est pour cela que je monte toujours la garde devant l'enceinte du Phénix les soirs de pleine lune. Pour bien leur faire comprendre que si jamais quelque chose venait de nouveau à arriver, je pourrais être sur place en quelques secondes à peine.

– Et au cours de toutes les soirées que vous avez passées là-haut, vous avez réussi à découvrir quoi que ce soit de nouveau sur son leader ou sur ses disciples ?

Il baisse les yeux.

– Non.

Je regarde l'heure affichée sur le tableau de bord – 18:27 – et je décide d'en rester là.

– OK. Voilà ce que je vous propose monsieur West... Si vous le souhaitez, vous et le sergent Cortez pouvez passer demain matin au B & B pour faire le point avec nous. En tant qu'observateur. Nous dirons, par « courtoisie professionnelle »...

Il sourit.

– Vers les 09:00 ? C'est bon pour vous ?

– Oui. Je peux même passer ce soir si vous voulez.

– Non. Il n'y a pas d'urgence... Profitez de votre soirée... Essayez de récupérer un peu et de passer du temps avec votre famille...

– Ma femme vous a dit quelque chose ?

– Comme ?

– « Mon mari n'est jamais là »...

– Entre autres.

Mon honnêteté a l'air de le surprendre et il ouvre la portière en évitant mon regard.

– Message reçu 5 sur 5, agent Kovacs.

Il saute à pieds joints hors du véhicule et se retourne vers moi une dernière fois.

– Ma femme avait raison. Comme toujours... Vous avez l'air d'être quelqu'un de bien.

Et il claque la portière avant de s'éloigner. Sa silhouette sombre traversant le petit jardin laissé à l'abandon sans lui prêter la moindre attention.

Je sors mon portable après l'avoir senti vibrer deux fois au cours des cinq dernières minutes, et j'écoute ma boîte vocale.

« Message numéro 1 : Kate, c'est Connie. Tu peux passer me voir dès que tu peux ? C'est important. Je suis à l'intérieur de l'église. À plus. »

« Message numéro 2 : Bonsoir... Christine Bowman à l'appareil... Je vous appelle comme prévu... C'est au sujet de Noah... Vous pouvez me rappeler ? (604) 892-9244. Merci. »

J'appuie de suite sur la touche « rappel du dernier numéro » et alors que je me prépare à attendre « une bonne vingtaine de sonneries », Christine Bowman décroche avant même la fin de la première.

– Allô ?

– Madame Bowman ? Agent Kovacs. Je viens juste d'avoir votre message.

Elle hésite.

– J'ai réussi à le convaincre. Il est d'accord pour vous parler. Mais il a des conditions bien précises.

– Qui sont ?

– Il ne veut pas que vous enregistriez la conversation ou que vous ayez le moindre appareil électrique sur vous : téléphone, beeper, talkie-walkie, etc. Et, bien sûr, il ne veut pas que vous portiez d'arme. Il veut vous voir seule, et que vous suiviez à la lettre les instructions qu'il vous donnera une fois que vous serez avec lui dans le sous-sol.

– OK.

– OK ?

Elle pensait manifestement que j'allais tout refuser en bloc.

– Vous voulez que je passe vers quelle heure ?

– Vers les 22:00 ?

– Parfait.

Je note l'heure sur l'angle d'un des dossiers posés à côté de moi.

– Et merci. J'imagine que cela n'a pas dû être facile de le convaincre.

– Non. D'autant plus que je ne suis toujours pas sûre que ce soit une bonne idée…

– Ne vous inquiétez pas. Je ne ferai rien pour le brusquer. Vous avez ma parole.

– Merci.

Je raccroche et je remets vite le contact pour aller voir ce que Connie a découvert dans l'église et, si possible, avoir le temps de repasser au B & B avant d'aller parler à Noah Bowman.

14.

**ÉGLISE SAINT-JOSEPH
2449 HIGHLANDS WAY
18:54**

J'entre pour la première fois dans ce qu'il reste de l'église Saint-Joseph et je m'arrête net après seulement quelques pas. Complètement prise de court par l'atmosphère qui règne à l'intérieur du bâtiment.

Je balaie du regard le bloc de ténèbres qui me fait face, transpercé à intervalles réguliers par des triangles de lumière argentée qui descendent à pic des fenêtres privées de leurs vitraux. Et il me faut faire de réels efforts pour arriver à superposer les deux réalités qui se sont succédé dans cet endroit il y a moins de vingt-quatre heures : l'intérieur de l'église tel qu'il devait être ; et le décor de destruction absolue qui l'a remplacé.

– Kate ?

Je repère Connie au milieu de la zone dans laquelle devait se trouver autel et croix du Christ et, en me forçant, je peux arriver à gommer les tonnes de débris qu'elle est devenue et l'imaginer telle qu'elle était.

Paisible.

Sacrée.

Baignée dans la lumière multicolore des vitraux.

Je m'avance lentement vers le fond du bâtiment en essayant d'éviter les morceaux de bois calcinés et les éclats d'objets divers qui jonchent le sol, et je braque mon regard vers la bulle de lumière artificielle dans laquelle est en train d'évoluer Connie. Générée par deux énormes torches qui révèlent dans leurs faisceaux la quantité impressionnante de particules encore suspendues dans l'air, tourbillonnant sur elles-mêmes comme des nuées d'insectes prises dans le halo d'un lampadaire.

Je frissonne en sentant la température baisser et le degré d'humidité augmenter alors que je m'enfonce de plus en plus dans l'église, et j'entre presque à contre-cœur dans l'univers de Connie.

– Tu ne devineras jamais ce que je viens de trouver...

Elle attrape une lampe à UV et me fait signe de la rejoindre au pied d'un des murs.

Et en un éclair, je repasse de la lumière aux ténèbres.

– Tu es prête ?

Je hoche la tête et je la regarde placer le faisceau de lumière violette juste au-dessus de la paroi de pierre, à environ un mètre du sol, avant de le faire remonter, comme la barre lumineuse d'un scanner.

Et lentement...

Millimètre par millimètre...

Je vois apparaître ce qu'elle voulait me montrer...

Et je reste sans voix.

Parce que la croix qui est maintenant dressée devant moi n'a rien à voir avec celles qui étaient jadis suspendues le long de ses murs.

C'est une croix du Phénix.

Immanquable.

Aussi monstrueuse que les dégâts qui l'entourent.

– Tu as trouvé ça, comment ?

Elle se retourne et baisse la lampe vers le sol.

– En me disant que la personne qui avait mis le feu à l'église était peut-être entrée avant à l'intérieur du bâtiment. Pour commettre d'autres actes de vandalisme... Ou parce que l'incendie était un moyen d'effacer les traces laissées par un cambriolage... Alors j'ai commencé à tout passer au peigne fin. Centimètre par centimètre.

– Tu en as parlé à quelqu'un ?

– Non. Pas encore. Je me suis dit que tu préférerais probablement garder l'information sous le coude. Vu que c'est le seul détail « confidentiel » qu'on ait pour l'instant.

– Merci.

Les questions se bousculent dans mon esprit et j'ai du mal à savoir par où commencer.

– Tu penses qu'elle a été peinte avec quoi ?

– Probablement une bombe aérosol.

– De quelle couleur ?

– C'est difficile à dire. Les traces de peinture qui restent ont été sérieusement endommagées par le feu.

Mais je dirais une couleur sombre. Noir, marron, gris foncé… Ce genre de couleur…

— Tu penses pouvoir faire des prélèvements ?

— Déjà fait. Mais je ne sais pas s'ils donneront grand-chose. Encore une fois, les traces étaient comme délavées, impossibles à voir à l'œil nu.

— Et on n'a, bien sûr, aucune chance de pouvoir trouver des empreintes digitales sur la paroi du mur…

— Non. Entre l'incendie et les tonnes d'eau que les pompiers ont déversées à l'intérieur du bâtiment, aucune chance. J'ai par contre trouvé quelque chose d'autre qui ne collait pas…

Elle m'entraîne de nouveau dans la bulle de lumière halogène et me tend un petit sac plastique dans lequel elle a placé un fragment d'objet à peine plus gros qu'un ongle.

— Tu vois cet éclat de porcelaine ?

— Oui.

— Eh bien il ne correspond à rien d'autre. Je veux dire que c'est le seul éclat de ce type que j'ai pu trouver à l'intérieur de l'église.

— Tu penses qu'il vient de quoi ?

— Probablement une statue. Ou un vase. C'est difficile à dire… Ce n'est peut-être rien, mais regarde bien les traces qu'il y a dessus…

Je regarde l'éclat de plus près et je peux maintenant distinguer le dessin d'une empreinte digitale, parfaitement visible dessus.

– Je croyais qu'on n'avait aucune chance de retrouver des empreintes ?

– Exact. Mais l'éclat en question était coincé dans une des aspérités du mur. C'est comme ça que je l'ai découvert. Alors que je scannais les parois de l'église avec la lampe à UV.

– À combien du sol ?

– Environ un mètre. Juste là…

Elle m'indique une section du mur près de l'autel.

– J'imagine que l'objet a dû tomber d'assez haut et exploser au contact du sol pour arriver à envoyer des éclats à cette hauteur. Ça, ou être jeté directement contre le mur. À part, bien sûr, que je n'ai retrouvé aucun autre morceau. Ce qui veut dire que tout cela s'est passé bien avant l'incendie.

– Tu penses qu'il s'agit d'un autre acte de vandalisme ?

– Possible. Mais dans ce cas, cela voudrait dire que quelqu'un a tout nettoyé entre le moment où l'objet s'est brisé et le moment où l'église a pris feu. Parce que si cela s'était passé hier soir, j'aurais trouvé d'autres éclats… Encore une fois, ce n'est peut-être rien… Juste un paroissien qui a fait tomber sa tasse de thé par accident, mais je voulais quand même t'en parler.

Je regarde à nouveau le morceau de porcelaine et les lignes d'empreinte digitale, bien plus visibles qu'à l'ordinaire.

– Tu penses que la personne qui a laissé ces empreintes avait touché quelque chose d'autre juste avant pour laisser une marque pareille ? Genre huile ? Peinture ?

– Oui. À la texture, je dirais huile. C'est pour cela que l'empreinte n'est que partielle. Non pas parce qu'elle a été abîmée, mais parce que le doigt de la personne a dû glisser. Commencer par laisser une empreinte normale avant de « baver » un peu.

Je repense au dossier médical de Noah Bowman.

– Tu penses qu'il est possible qu'elle ait été laissée par quelqu'un dont la peau aurait été abîmée... Dont les doigts auraient été déformés par de graves brûlures ?

– Possible, mais je pencherais plutôt pour la thèse du liquide de type huile. Ou carburant.

Je la vois se masser la tempe avec le pouce et je réalise qu'elle doit être épuisée.

– OK. Fin de journée.

– Pardon ?

Je lui fais signe de plier ses affaires.

– Le shérif de Squamish nous a trouvé un B & B on ne peut pas plus charmant avec lits, repas et douches. Des choses qu'on peut utiliser à volonté, et pas forcément dans cet ordre. Vu que je suis sûre que si je te laisse ici, tu vas continuer à passer au peigne fin les montagnes de débris qui nous entourent jusqu'à tomber littéralement de sommeil, je t'*ordonne* de rentrer avec moi.

Elle sourit et obtempère sans le moindre signe de protestation, la preuve qu'elle est bien épuisée. Et alors que je l'aide à ranger ses affaires, je repense à la croix du Phénix toujours dressée devant nous... De nouveau invisible... Et je me demande si la découverte que vient de faire Connie marquera ou non un tournant dans cette enquête.

15.

BED & BREAKFAST NEW ENGLAND
4200 MAPLE CRESCENT
20:01

– Tu as trouvé quoi ??

Keefe attrape la photo que lui tend Connie et la regarde en manquant de s'étrangler sur le bout de pizza qu'il était en train d'avaler.

– Tu as trouvé une croix du Phénix à l'intérieur de l'église ??

Il déglutit vite.

– Tu as de quoi la lier directement à Jonas Mitchell ou à l'un de ses disciples ?

– Non. Pas pour l'instant. Mais l'église est grande. Il y a peut-être autre chose que je n'ai pas encore trouvé…

Keefe passe le cliché à Nick et me montre une des boîtes de pizza ouvertes sur la table du salon.

– Tu veux manger quelque chose ?

Je regarde ma montre.

– Non. Merci. Je dois passer chez les Bowman d'ici une heure, une heure et demie, et j'aimerais avoir Susan au téléphone avant.

– Tu veux qu'on t'en garde un bout ?
– Non. C'est bon. Si j'ai faim, j'achèterai quelque chose sur la route.

Je vois Nick rendre le cliché à Connie. Bien moins enthousiaste que ne l'était Keefe.

– Vous ne pensez pas que c'est un peu trop facile ? Je veux dire, Jonas Mitchell lance une menace contre la vallée de Squamish et, bang ! Deux semaines plus tard l'église Saint-Joseph se transforme en brasier et on découvre, comme c'est étrange, une splendide croix du Phénix peinte sur l'un de ses murs...

Je reste volontairement en retrait pour voir ce que le reste de mon équipe pense de la théorie de Nick. Et c'est Keefe qui se lance en premier, suivi de près par Connie.

– Possible... Mais n'est-ce pas justement le but de toute bonne prophétie de secte ? Annoncer un événement de type apocalyptique, puis attendre qu'il se réalise ?

– Sans compter que la croix était à peine visible, même sous le faisceau d'une lampe à UV. Ce qui me fait penser qu'elle était probablement là plus pour « signer » l'incendie que pour ouvertement profaner l'église.

– Et toi, qu'est-ce que tu en penses, Kate ?

Je note le ton de Nick, bien plus cassant qu'à l'ordinaire.

– J'aurais tendance à penser comme toi. Que la croix fait un peu trop cerise sur le gâteau. Mais cela ne veut pas dire qu'il n'y ait pas de lien entre l'incendie de l'église et le Phénix. Juste que cela fait un peu trop mise en scène à mon goût. Comme si l'incendie en lui-même risquait de ne pas suffire à nous mettre sur la piste de la secte...

Je regarde à nouveau ma montre.

– Écoutez, il faut que j'y aille. Essayez de récupérer au max ce soir... J'ai donné rendez-vous au shérif demain matin à 09:00 pour qu'on fasse un point tous ensemble ici, et j'aimerais qu'on se retrouve tous les quatre avant, vers les 08:00... C'est bon pour vous ?

Ils acquiescent en chœur et je vois Nick hésiter avant de me poser une toute dernière question.

– Tu es sûre que tu ne veux pas que je vienne avec toi ?

Et pour la deuxième fois dans la même journée, il me faut refuser son offre.

– Non. C'est bon. Noah Bowman n'a accepté de me parler que dans des conditions bien précises.

– Je sais. Comme Jonas Mitchell... Il veut te voir seule, en tête à tête, sans téléphone, sans beeper, sans arme, sans montre, etc.

Nick ne fait aucun effort pour cacher sa mauvaise humeur et je ne peux m'empêcher de répliquer du tac au tac.

– Ce n'est pas moi qui ai fixé les règles.

– Mais c'est toi qui les suis.

Cela fait longtemps que je n'ai pas clashé avec Nick comme ça, et je décide de tout mettre sur le compte de la fatigue et du manque de sommeil.

— OK... Manifestement on n'est pas d'accord sur la meilleure façon d'aborder les personnes ayant — ou ayant eu — des contacts avec le Phénix, mais pour l'instant, je vois difficilement comment on pourrait faire autrement. On n'a toujours aucune preuve que le Phénix soit responsable de l'incendie d'hier soir — et il n'a peut-être même absolument *rien* à voir avec ce qui est arrivé à l'église...

— Je sais. Désolé... Je suis crevé.

— C'est bon. On a tous besoin de sommeil.

J'attrape les clés d'une des deux jeeps et je souhaite une bonne soirée aux membres de mon équipe. Puis je monte vite dans ma chambre pour téléphoner à Susan Estrada, loin de la tension qui règne dans le salon.

Je m'assois sur le rebord du lit et je sors mon portable, assaillie de toutes parts par les vagues de motifs qui recouvrent chaque objet et chaque mur de la pièce. À l'opposé du genre de décor épuré dans lequel j'aime évoluer.

Puis je compose le numéro de Susan Estrada, qui est probablement chez elle, en famille, dans le grand appartement qu'elle partage avec son mari... Alors que je suis seule, dans une chambre de B & B, entourée de carreaux écossais et de fleurs de lys qui semblent s'être donné le mot pour me mettre le plus mal à l'aise possible.

– Allô ?

– Susan ? C'est Kate. Kovacs. Désolée de te déranger en plein week-end mais je suis sur une nouvelle affaire et j'aurais besoin d'informations sur l'un de tes patients – ou plus exactement l'un de tes anciens patients... Tu as deux ou trois minutes à m'accorder ?

– Oui, bien sûr... Donne-moi deux secondes...

Je l'entends demander à son mari de prendre le relais avec Anthony, leur fils de 6 ans, et changer de pièce avant de reprendre la parole.

– C'est bon. Vas-y. Tu bosses sur quoi ?

– Un incendie d'origine criminelle à Squamish...

– Celui de Saint-Joseph ?

– Exact.

– Et tu aurais besoin d'informations sur Noah Bowman...

– Exact à nouveau.

Je l'entends soupirer à l'autre bout du fil et j'essaie vite de la rassurer.

– Écoute, Susan, je sais bien que toutes les séances que tu as eues avec lui ne peuvent être rendues publiques et je ne te demande en aucune manière de briser la confidentialité qui existe entre patient et thérapeute. Mais je suis sur le point de parler à Noah Bowman, seule, en tête à tête, dans un endroit isolé qu'il peut verrouiller à volonté et j'aimerais autant que possible m'assurer que les choses ne risquent pas de dégénérer. Et pour lui, et pour moi.

– Il a accepté de te parler ? En tête à tête ??

– Oui, grâce à sa mère qui a miraculeusement réussi à le convaincre, mais dans des conditions bien précises. Sur son terrain. En pleine nuit. Et sous la promesse absolue que je ne porte ni arme ni moyen de communication sur moi, et que je fasse à la lettre tout ce qu'il me demande de faire. Ce qui ne m'emplit pas exactement de confiance…

– Tu veux savoir s'il peut devenir violent ?

– Oui. Entre autres… Et ce à quoi je peux m'attendre une fois avec lui.

– Tu sais au moins que je ne l'ai pas vu depuis sa sortie d'hôpital, il y a plus d'un an ?

– Oui. Son dossier psychiatrique indique que votre dernière séance remonte à juin de l'an dernier. Mais à part sa mère, tu es la dernière personne à lui avoir parlé. Depuis sa sortie d'hôpital, il vit en isolement total, dans un sous-sol qu'il a aménagé en une sorte de bunker. Sans fenêtre ou contact possible avec l'extérieur.

– Et c'est là que tu as rendez-vous avec lui ?

– Oui.

Elle soupire de nouveau, et quand elle reprend, son ton est complètement différent.

Assuré.

Catégorique.

– OK. Première chose. Tout ce que je sais sur Noah Bowman n'a peut-être plus aucune raison d'être aujourd'hui. En quinze mois, son état mental a largement eu le temps de changer, et dans son cas, de régresser vu les conditions dans lesquelles il vit. Deuxième chose. Rien ne peut garantir que quelqu'un comme Noah Bowman ne se mette pas à réagir de façon violente dans une situation donnée. Surtout s'il est confronté à quelque chose d'imprévisible, ou quelque chose qui lui rappelle les événements traumatisants dont il a été victime. Et, dans son cas, on parle non seulement d'événements qui lui ont causé des blessures physiques graves, mais qui ont aussi causé la mort de la personne avec qui il partageait sa vie. Sans compter toutes les années qu'il a passées au sein du Phénix, qui ont profondément altéré sa perception des choses… De fait, mon conseil de professionnelle et d'amie serait que tu n'acceptes pas les conditions de Noah Bowman, et que tu essaies de lui parler dans un environnement duquel tu peux t'extraire beaucoup plus facilement si jamais les choses venaient à dégénérer.

– Tu estimes le risque de violence à combien ?

– Honnêtement ? Venant du Noah Bowman à qui j'ai parlé l'an dernier… Zéro. Je ne l'ai même pas vu montrer de signe de colère envers le leader du Phénix, la nature de ses blessures ou les conditions dans lesquelles sa petite amie avait été tuée… Il ne considérait qu'une seule personne comme étant responsable de la mort de sa petite amie. Lui-même. Et toute son agressivité était concentrée sur un sentiment de culpabilité profonde. Ce qui ne veut pas dire que c'est toujours le cas.

– Tu penses qu'il a quelque chose à voir avec la mort de Celina Kayo ?

– Tu sais bien que je ne peux pas répondre à cette question… Désolée…

Je regarde vite ma montre. Partagée entre l'envie d'obtenir plus d'informations sur Noah Bowman et celle de me préparer seule, dans un endroit calme, à l'entretien qui m'attend. Et alors que j'hésite, Susan reprend soudain.

– Tu vas quand même le faire, c'est ça ? Je veux dire, aller lui parler dans les conditions qu'il t'a imposées ?

– Oui.

– Pourquoi ?

– Parce que Noah Bowman est la seule personne à qui j'ai accès qui puisse nous fournir des informations sur le Phénix. Et potentiellement sur la personne qui a mis le feu à l'église. Sans compter que nous aimerions avoir son emploi du temps pour la soirée d'hier…

– Vous pensez que c'est lui qui a mis le feu à l'église ?

Je résiste à l'envie d'invoquer à mon tour le secret professionnel et je réponds à sa question en espérant que cela l'incitera à me livrer deux ou trois informations de plus sur son ancien patient.

– Possible. Mais j'en doute. La nature des blessures décrites dans son dossier médical me fait penser qu'il est physiquement incapable d'avoir lancé le cocktail Molotov qui a mis le feu à l'église. Mais il peut quand même avoir participé de près ou de loin à cette attaque. En l'ayant organisée, par exemple…

Je sens Susan hésiter et je laisse volontairement un blanc pour lui laisser l'opportunité d'ajouter quelque chose. Ce qu'elle fait presque immédiatement.

– Kate… J'imagine qu'à ce stade je n'ai plus aucune chance de te faire changer d'avis… Mais pour tout ce que cela vaut, je pense que la mère de Noah a raison… Que tu as une meilleure chance de mettre son fils en confiance et de le faire parler si tu suis à la lettre ce qu'il te demande de faire, même si ses conditions te paraissent absurdes – voire dangereuses. C'est en te braquant que tu risques de le faire réagir de façon violente. Il a été conditionné pendant des années pour faire tout un tas de choses qui peuvent lui paraître tout à fait normales, mais que la majorité des gens considérerait comme intolérables. Moralement et physiquement. Et encore une fois, je ne peux pas entrer dans les détails, mais disons juste que Noah Bowman a été exposé à toutes sortes de « tests », selon la terminologie du Phénix, et que son seuil de tolérance à la douleur et à d'autres sensations fondamentales comme d'avoir faim, peur ou froid est loin d'être « normal ». Mais ne le sous-estime pas. Il donne peut-être l'apparence d'être quelqu'un d'incohérent, mais c'est quelqu'un d'intelligent et de sensible, dont la personnalité a juste été altérée par une exposition prolongée à des situations extrêmes. Mon seul espoir, c'est que l'isolement dans lequel il s'est volontairement enfermé soit un moyen pour lui de se recentrer, de retrouver la personne qu'il était avant de rejoindre les rangs du Phénix et de pouvoir se refaire une vie…

Elle fait une pause et je sais déjà qu'elle s'apprête à conclure sur un tout dernier avertissement.

– Mais, écoute, quoi qu'il advienne, même si tu penses avoir réussi à établir un bon rapport avec lui, ne baisse *jamais* tes gardes. Noah Bowman souffrait, et souffre probablement encore, de problèmes psychologiques graves. Et je n'ai aucune idée de ce dont il est capable aujourd'hui.

– OK. Merci. Et encore désolée de t'avoir dérangée chez toi.

– Pas de problème. Fais bien attention à toi. Et tiens-moi au courant. Promis ?

– Promis.

Je la remercie une toute dernière fois et je raccroche. Avant d'aller retraverser une bonne partie de la vallée de Squamish pour me mettre littéralement entre les mains de Noah Bowman.

16.

MAISON DE CHRISTINE BOWMAN
MASHITER CREEK
22:00

Je m'avance vers la porte du sous-sol dans lequel Noah Bowman vit coupé du reste du monde depuis plusieurs mois et je me repasse en mémoire les dernières instructions que sa mère vient de me donner :

1) Frapper à la porte en enchaînant trois coups secs suivis par une pause, puis par un autre coup sec.

2) Attendre qu'il me dise d'entrer.

3) Ouvrir la porte et m'engager dans le sous-sol sans faire de mouvement brusque.

4) Refermer la porte derrière moi et la verrouiller *immédiatement* en donnant deux tours sur le verrou du haut, et un seul sur le verrou du bas.

5) Attendre sans bouger qu'il me donne de nouvelles instructions.

6) Et faire tout ce qu'il me demande. Aussi étranges que ses instructions puissent me paraître.

Je respire un grand coup et je remonte la fermeture Éclair de ma veste – comme si cela pouvait me protéger de tout ce qui pourrait se passer à l'intérieur du véritable bunker dans lequel m'attend Noah Bowman – et je me jette enfin à l'eau.

Trois coups secs.

Pause.

Un autre.

Je regarde autour de moi pour essayer de garder mon calme en attendant sa réponse... Mais les gros nuages accrochés en haut du mont Garibaldi et la végétation frémissante de bruits nocturnes ne font qu'augmenter ma nervosité.

J'essaye de ne pas penser au beeper et au téléphone portable qui ne sont pas attachés à ma ceinture... Au holster qui n'est pas sanglé à mon épaule gauche... Et alors que ma nervosité augmente encore d'un cran, j'entends la voix de Noah Bowman me répondre enfin.

– Entrez.

Je pousse lentement la porte... Sans faire de mouvements brusques... Et je sens tous les muscles de mon corps se tendre en réalisant que la pièce dans laquelle je suis sur le point d'entrer est dans le noir complet.

J'essaie de rester le plus calme possible et j'avance de deux ou trois pas avant de refermer la porte derrière moi.

Malheureusement pas assez vite au goût de Noah Bowman.

– Verrouillez-la !! De suite !! Dépêchez-vous !!

Je sursaute malgré moi en entendant la peur et la colère qu'il y a dans sa voix, et je cherche vite les deux verrous à tâtons, complètement désorientée dans cet univers sans le moindre repère visuel.

Je sens enfin le premier bloc de métal se matérialiser sous mes doigts, que je verrouille deux fois, puis le deuxième quelques centimètres plus bas, que je ne verrouille qu'une seule fois ; en espérant que les trois « CHLANG » impressionnants qui viennent de résonner à travers la pièce arriveront un peu à calmer les nerfs de Noah – à défaut de calmer les miens.

Je me redresse en gardant une main posée contre la porte pour ne pas perdre le seul point de référence physique que j'ai pour l'instant et je pivote lentement sur place pour faire de nouveau face à la pièce, et à tout danger potentiel.

Puis j'attends.

Sans bouger.

Dans un silence total.

Incapable de faire autre chose que d'imaginer dans quelle partie de la pièce peut bien se trouver Noah Bowman.

J'entends mon cœur commencer à réagir à la tension de la situation avec des battements de plus en plus marqués, de plus en plus rapprochés... Mes yeux lutter pour essayer de percer les ténèbres qui m'entourent... Et brusquement, quelque chose se met à bouger sur ma droite, et avant que j'aie le temps de faire quoi que ce soit, Noah Bowman attrape violemment mon poignet droit.

– Ne bougez pas d'un millimètre.

Je peux soudain sentir sa bouche collée contre mon oreille… Sa voix à peine plus haute qu'un murmure… Et il me faut faire des efforts surhumains pour ne pas réagir.

– Ne me résistez pas.

Il attrape mon autre poignet et me force à pivoter sur place.

– Monsieur Bowman. Ce n'est vraiment pas nécessaire. Je n'ai aucune intention de…

– Chhhutttt…

Je le sens faire basculer ma tête en avant pour que mon front puisse toucher la paroi métallique de la porte, et alors que je suis à deux doigts de me retourner pour le plaquer contre la même paroi et mettre fin une bonne fois pour toutes à ce pseudo-entretien, il ajoute d'une voix parfaitement calme :

– Ne vous inquiétez pas… Moi non plus… Je n'ai aucune intention de vous faire du mal. C'est juste une précaution. J'espère que vous comprenez.

Et sans attendre ma réponse, il plaque mes deux mains contre le bas de mon dos et les attache avec quelque chose qui ressemble au toucher à un foulard ou à une écharpe. Assez fort pour que je ne puisse pas me libérer seule, mais en faisant un nœud le plus lâche possible pour ne pas couper la circulation dans mes mains.

Et à ma grande surprise, je le laisse faire.

Sans résister.

Comme hypnotisée par la fluidité de ses gestes et par le ton rassurant de sa voix.

– Agent Kovacs… Il y a deux chaises à quelques mètres d'ici. Je vais vous aider à vous asseoir sur la première. La deuxième est pour moi. Je les ai placées à quelques centimètres l'une de l'autre pour que nous puissions nous parler en tête à tête. C'est bien cela que vous vouliez ?

– Oui.

À part bien sûr que mon idée d'un tête à tête n'incluait pas une pièce plongée dans le noir et des mains attachées dans le dos…

Il me guide en reculant vers le milieu de la pièce, et, avec son aide, je m'assois sur l'une des deux chaises qu'il vient de mentionner. Les bras coincés contre le dossier. Dans une position immédiatement inconfortable…

Je m'apprête à lui demander de m'aider à passer mes bras de l'autre côté du dossier, mais il se met à le faire sans que je n'aie rien à lui dire.

– Voilà… Ça devrait être plus confortable comme ça…

Puis je l'entends s'asseoir juste devant moi.

– Vraiment désolé pour tout cela… Mais j'espère que vous comprenez… À part ma mère, personne d'autre n'est jamais rentré ici. C'est mon refuge. J'ai besoin de pouvoir m'y sentir en sécurité… Et je ne sais rien sur vous…

– Mon nom est Kate Kovacs. Je suis agent du FBI et je dirige une unité de police spécialisée, basée à Vancouver, qui s'appelle le CSU.

– Je sais. Ma mère m'a déjà tout expliqué. Ce que je voulais dire, c'est que vous pourriez très bien aussi travailler pour eux.

– « Eux » ?

– Vous savez bien…

J'attends quelques instants en espérant qu'il me donne plus de détails, mais devant son silence, je décide d'entrer dans le vif du sujet.

– Votre mère vous a expliqué de quoi je voulais vous parler ?

– Oui. Du Phénix. Et de l'incendie qui vient d'avoir lieu.

– C'est exact.

J'essaie de faire abstraction des fourmillements que je commence déjà à ressentir dans les mains et je continue.

– Que savez-vous sur l'incendie ?

– Ce qu'elle m'a dit.

– C'est-à-dire ?

– Que quelqu'un a mis le feu à l'église Saint-Joseph et que votre job est de retrouver de qui il s'agit.

– Et vous savez quoi que ce soit d'autre ?

– Non.

– Est-ce que je peux quand même vous poser des questions ?

– Si vous voulez.

Dans le noir complet, nos deux voix ont l'air de se faire écho et je suis surprise de voir à quel point mon cerveau s'est déjà adapté à l'absence d'informations visuelles. À quel point il compense en se focalisant sur tous mes autres sens.

– Vous connaissez bien l'église Saint-Joseph ?
– Oui. J'y allais souvent quand j'étais petit.
– Vous connaissez donc aussi le père O'Malley...
– Oui.
– Vous l'avez vu quand, pour la dernière fois ?
– Cela doit faire trois ou quatre ans. Je ne suis pas sûr...

Je l'entends se mettre à taper du pied sur le sol et je catalogue immédiatement ce bruit comme étant un premier signal d'alarme, avant de continuer.

– Monsieur Bowman, j'ai besoin de savoir où vous étiez hier soir...

Le tap-tap-tap-tap-tap-tap-tap de ses pieds s'accélère.

– Cela ne vous regarde pas.

Je reformule vite ma question.

– Monsieur Bowman, est-ce que vous étiez près, ou dans, l'église Saint-Joseph, hier soir autour de minuit ?
– Non.
– Vous pouvez le prouver ?
– Non. Mais je ne vais jamais dans des endroits où il y a des gens. Et cela inclut Squamish.
– Pourquoi ?

Il fait glisser sa chaise de quelques centimètres dans ma direction et un autre bruit s'ajoute aux tapotements de ses pieds : le chuintement de deux surfaces frottées l'une contre l'autre, que je devine être la texture rugueuse de ses mains qu'il fait glisser nerveusement sur le dessus de ses cuisses, sur le jean ou sur le pantalon qu'il porte.

– À votre avis ? Vous avez lu mon dossier médical ?

Je décide de ne pas lui mentir malgré le risque potentiel que cela représente.

– Oui.

– Et vous osez me poser la question ??

– Votre dossier médical indique que vous êtes en phase de convalescence avec un pronostic plutôt bon. À part des problèmes de mobilité possibles au niveau du cou et des épaules, les docteurs semblent penser que vous pourrez reprendre une vie quasiment normale d'ici quelques mois.

– *Quasiment normale* ? ! ?

Les tapotements et les chuintements s'arrêtent brusquement et je sens Noah Bowman s'avancer encore plus près de moi.

– Vous réalisez l'absurdité de ce que vous êtes en train de dire ?

Je ne lui réponds pas.

– Vous avez la moindre idée de ce que cela fait de vous regarder dans une glace et de vous retrouver face à un monstre ? D'avoir sur le corps un souvenir constant, permanent, de ce qui est arrivé à la personne que vous aimiez ? De pouvoir vous souvenir de tout ce qui s'est passé juste en regardant le dos de vos mains, en regardant les cicatrices qui les recouvrent ?

Je ferme les yeux comme si le noir qui m'entoure n'était pas suffisant pour me protéger de ce qu'il est en train de me dire.

– Parce que je sais que c'est pour cela que vous êtes venue ici… Pas à cause de l'incendie de Saint-Joseph… À cause de celui d'il y a deux ans… À cause de ce que j'ai fait… Parce que vous vouliez rencontrer le monstre qui est responsable de sa mort.

Je commence à avoir du mal à gérer le flot d'informations différentes qu'il est en train de me livrer. Frustrée de ne pas pouvoir me concentrer sur un même sujet pendant plus d'un ou deux échanges.

– Vous voulez dire Celina ?

Silence total.

Je plisse les yeux en réalisant que prononcer le prénom de la personne qu'il aimait faisait peut-être partie des choses à ne faire sous aucun prétexte, que sa mère aurait oublié de me dire. Et j'essaie vite de faire marche arrière.

– Je ne voulais pas vous mettre mal à l'aise en mentionnant son nom… Désolée si je l'ai fait…

Nouveaux tapotements de pieds.

Nouveaux chuintements.

Et Noah change à nouveau de sujet.

– J'aurais dû me douter que vous seriez comme tous les autres.
– Comme qui ?
– Comme tous ceux qui pensent que je suis fou à lier.
– Je n'ai jamais dit ça.
– Mais vous le pensez.
– Ce n'est pas vrai.
– Vous êtes prête à le prouver ?
J'hésite.
– Cela dépend ce que vous entendez par là...
– Que si vous voulez me prouver que vous n'avez pas peur de moi, vous devez me faire confiance.
– C'est ce que je suis en train de faire depuis plusieurs minutes.

J'entends sa respiration changer de rythme et je me prépare à un nouveau changement de sujet.
– Je peux toucher votre visage ?
– Pardon ?
– J'aimerais savoir à quoi vous ressemblez.

Je suis à deux doigts de jeter l'éponge et de mettre fin à notre « entretien ». Mais il y a quelque chose de tellement désarmant dans son attitude que je continue à lui donner le bénéfice du doute. Contre tous les principes de bon sens.
– Si vous voulez...

Je me raidis malgré moi en sentant son corps s'approcher du mien. Mon épaule gauche protestant sous la pression supplémentaire à laquelle je suis en train de la soumettre.

— N'ayez pas peur… Je n'ai aucune intention de vous faire du mal…

Entre mes mains attachées dans le dos et le noir complet qui nous entoure, ses paroles n'arrivent en rien à calmer ma nervosité.

Je ferme les yeux pour me concentrer sur ce qu'il s'apprête à faire et je mets chaque nerf de mon corps en alerte maximum, prête à bondir hors de ma chaise au moindre mouvement ou bruit suspect.

Mais rien de cela ne se passe.

À la place, je sens la peau rugueuse de ses doigts glisser le long de mes joues… De mon front… De mon nez… Tracer le contour de ma mâchoire… Et je peux l'imaginer essayer de reconstruire mentalement les reliefs de mon visage comme le ferait un aveugle. Ou un logiciel de 3D.

— Vous avez quel âge ?

— 35 ans.

— Et vos yeux… Vos cheveux… Ils sont de quelle couleur ?

— Bleu-gris. Et bruns.

Il retire ses mains de mon visage et les pose sur mes épaules.

— Merci… Vous êtes la première personne avec qui j'ai un contact physique depuis ma sortie d'hôpital…

— De rien.

Et alors que je m'apprête à profiter de ce bref instant de répit entre nous pour recommencer à lui poser des questions, je sens soudain une violente douleur exploser dans mon bras gauche, et je ne peux m'empêcher de réagir en changeant brusquement de position.

Beaucoup trop brusquement au goût de Noah.

Je l'entends se lever d'un bond, comme un chat qu'on aurait jeté dans l'eau, et reculer de plusieurs pas à travers la pièce – et je me mords la lèvre de frustration en entendant le son de sa chaise s'écraser sur le sol.

– Désolée… C'était juste une crampe… À cause de mes mains… De la façon dont elles sont attachées dans le dos…

Il y a un long silence et je l'entends redresser sa chaise avant de s'approcher de moi.

– Non. C'est moi. Je n'aurais jamais dû vous attacher comme ça… Je suis désolé…

Délicatement, il attrape mes poignets et les détache.

– Je suis vraiment désolé… C'était quelque chose de stupide à faire… J'espère que vous ne m'en voulez pas trop…

J'hésite à me lever, à quitter cette pièce au plus vite pour ne plus avoir à subir le comportement irrationnel et imprévisible de Noah Bowman, quand je réalise que ce moment précis est peut-être la seule chance à saisir pour en apprendre plus sur ce qui s'est passé il y a deux ans. Et je décide de tenter une toute dernière approche avec lui.

– Monsieur Bowman, quand vous m'avez dit tout à l'heure que vous étiez responsable de « sa » mort, vous vouliez bien parler de votre petite amie, de Celina Kayo ?

– Oui.

– Qu'est-ce que vous vouliez dire par là ? Que vous vous sentiez responsable de sa mort… Ou que vous en étiez directement responsable ?

– Il y a une différence ?

Sa réponse me laisse sans voix.

– Parce que pour moi, c'est la même chose. J'aurais pu la sauver, et j'ai échoué. Ce qui veut bien dire la même chose : qu'elle est morte à cause de moi. Et c'est tout ce qui compte.

17.

**BED & BREAKFAST NEW ENGLAND
4200 MAPLE CRESCENT
23:48**

Je me gare devant le B & B et je soupire de soulagement en voyant toutes les lumières du bâtiment éteintes ; encore trop secouée par l'entretien que je viens d'avoir avec Noah pour pouvoir en parler avec qui que ce soit.

Je coupe le moteur, j'attrape mon sac posé sur le siège passager, et alors que je jette un rapide coup d'œil dans le rétroviseur avant d'ouvrir la portière, je vois soudain une ombre fugitive passer dans mon champ de vision.

Aussi furtive que celle d'un chat qui prend peur.

À quelques mètres à peine de la jeep.

Je me retourne vite, surprise, mais quand je balaie le trottoir du regard, il n'y a plus rien.

Juste la rue déserte.

Aussi sombre que le ciel qui la surplombe.

Je bascule la tête en arrière contre le dossier de mon siège et je ferme les yeux pendant un long moment, contrariée d'avoir réagi de façon aussi violente à quelque chose que j'ai cru voir.

Sauf que quand je vois l'empreinte que l'ombre a laissée derrière mes paupières baissées, je ne peux m'empêcher de penser qu'elle ressemble à s'y méprendre à celle d'un être humain...

Je me reprends, de plus en plus perturbée par la tournure qu'est en train de prendre cette enquête... Par cette atmosphère de petite ville où tout le monde sait quelque chose mais où personne ne dit rien... Étouffante... Claustrophobe...

Et je sors du véhicule sans regarder autour de moi, comme pour me prouver que je n'ai rien à craindre.

Puis je parcours les quelques mètres qui me séparent de la porte d'entrée du B & B en accélérant le pas. Ne serait-ce que pour avoir l'impression de pouvoir encore contrôler quelque chose.

Je prends une douche – la chaleur de l'eau réglée à la limite du tolérable – et je me plante devant le miroir de la salle de bains.

Les yeux fixés sur le reflet de mon visage.

En évitant volontairement de regarder quoi que ce soit d'autre.

Puis j'enfile un pantalon en coton épais, un T-shirt à manches longues et une veste polaire, et je décide d'aller passer un moment sur la terrasse pour essayer de faire le point sur ma journée.

Je m'assois à la table du jardin, une jambe relevée contre la poitrine, et je reste un long moment sans rien faire.
Parfaitement immobile.
Comme envoûtée par la multitude de sons et de sensations qui m'entourent.
Des rafales de vent imprévisibles qui balaient le jardin à l'air gorgé d'humidité qui donne l'impression de tout voir à travers une feuille de calque... En passant par les ombres qui glissent sur la végétation, comme des oiseaux de mauvais augure...
Puis je ferme les yeux. Et alors que je commence à me repasser en mémoire les différentes étapes de ma journée, je sens soudain une présence s'approcher de moi.
– Je vous dérange ?
Je me retourne et quand je vois qu'il s'agit de Mme Brunswick, je lui réponds avec un large sourire. Même si à ce moment précis, parler à qui que ce soit est la dernière chose que j'ai envie de faire.
– Non. Pas du tout.
Elle s'assoit en face de moi et pose les avant-bras sur la table, comme pour se préparer à une longue conversation, et immédiatement, je m'en veux d'avoir quitté la tranquillité de ma chambre.
– Vous n'arriviez pas à dormir ?

– Et vous ?

Première esquive. Première réponse à une question par une question.

– Non plus.

Je sens son regard scruter le mien et j'ai soudain l'impression d'être encore plus vulnérable qu'en sortant de la douche tout à l'heure.

– Vous n'aimez pas parler de vous, c'est ça ?

Je baisse les yeux et je change nerveusement de position. Complètement prise de court par la véracité de ses paroles et par la compassion qu'il y a dans sa voix.

– Non. Pas vraiment…

Elle me sourit et il y a quelque chose de tellement intime dans ce moment, que je n'ai soudain plus envie d'esquiver ses questions.

– Vous êtes rentrée il y a longtemps ?

– Non. Dix-vingt minutes.

– Et vous êtes partie de chez vous à quelle heure ce matin ?

– 05:00-05:10.

– Pas étonnant que vous ayez l'air si fatiguée…

Je souris de nouveau, touchée par le ton maternel qu'elle vient d'utiliser avec moi, émue de retrouver chez elle tout un tas de choses qui me rappellent ma grand-mère.

Les mêmes yeux bleus pétillant de tendresse.

Les mêmes mains ridées, couvertes de taches de soleil.

La même voix pleine de chaleur humaine.

Et malgré la fatigue et la confusion qui règnent dans mon esprit, j'essaie à mon tour de lui poser quelques questions.

– Le shérif m'a dit que vous alliez fermer votre Bed & Breakfast. C'est par choix ou parce que vous n'aviez plus assez de clients ?

– Par choix. Parce que je crois que je n'aurais plus la force ou l'énergie de m'en occuper seule.

Elle me regarde droit dans les yeux et répond à la question que je n'ose pas lui poser.

– Mon mari est mort l'an dernier. Nous étions mariés depuis cinquante-trois ans…

– Je suis désolée.

Pour la deuxième fois dans la même journée, je m'entends prononcer une expression qui, comme le shérif ne s'est pas gêné de me le faire remarquer, n'a absolument aucun sens.

– Ne le soyez pas… Je sais qu'il est désormais dans un monde meilleur…

J'essaie de ne pas réagir à ce qu'elle vient de dire, mais chaque cellule de mon cerveau est en train de crier « vraiment ? ». Un « vraiment ? » d'athée qui rejette en bloc la notion de vie après la mort. Un « vraiment ? » de personne qui a vu trop d'horreurs dans sa vie pour imaginer, ne serait-ce qu'un instant, qu'un être suprême puisse en être responsable.

Et Mme Brunswick semble de nouveau pouvoir lire mes pensées.

– Vous n'êtes pas croyante ?
– Non.
– Pas du tout ? Je veux dire, vous ne croyez en aucun dieu, en aucune religion ?
– Non.

Mes paroles ont l'air de la perturber et j'ajoute de suite :

– Ce qui ne veut pas dire que je ne comprenne pas qu'on puisse croire en un dieu, en une religion. Bien au contraire. C'est juste que, personnellement, je n'arrive pas à imaginer le concept d'un dieu, d'un être tout-puissant.

– Vous pensez donc qu'il n'y a rien après la mort ? Que vous ne reverrez jamais les êtres chers que vous avez perdus ?

J'ai du mal à cacher l'émotion dans ma voix.

– Non.

– Cela doit être quelque chose de terrible à contempler...

– Oui et non. Cela force aussi à profiter au maximum de chaque instant présent.

Je sens une nouvelle rafale de vent balayer le jardin et je remonte le col de ma veste sans y penser. Un geste que Mme Brunswick remarque immédiatement.

– Vous avez froid ?
– Un peu.

Elle relève les yeux.

– Ce qui n'est guère étonnant... Vos cheveux sont encore mouillés et vous n'avez probablement rien mangé de la journée... Je me trompe ?

– Non.

Je baisse les yeux, déstabilisée une nouvelle fois à l'idée que quelqu'un que je ne connais pas ait pu remarquer autant de choses sur moi en si peu de temps, et je l'entends se lever.

– Laissez-moi vous préparer un sandwich. Cela fait partie des choses que je sais encore très bien faire... On ne peut pas avoir tenu impunément un Bed & Breakfast pendant plus de trente ans sans en garder des traces...

Elle me sourit. Un sourire franc. Sans le moindre sous-entendu. Et pour la première fois depuis bien longtemps, je me sens complètement détendue.

– Merci. Avec plaisir.

Je me lève pour aller l'aider et elle pose de suite une main sur mon épaule.

– Non. Restez où vous êtes... Ne bougez pas... J'en ai pour deux minutes...

Et alors que je regarde sa silhouette s'éloigner, je repense à celle du shérif tout à l'heure, le poids du monde sur les épaules... Au sourire triste de sa femme... Aux doigts de Noah Bowman glissant sur mon visage... Et j'essaie d'imaginer à quel point ma vie pourrait être différente si je croyais en l'existence d'un dieu.

18.

DIMANCHE 29 SEPTEMBRE

BED & BREAKFAST NEW ENGLAND
4200 MAPLE CRESCENT
09:00

Je m'avance vers les membres de mon équipe, déjà prêts à passer à l'action dans le salon, et je fais signe à Darren West et à son adjoint de se joindre à nous, avant de m'asseoir à mon tour en bout de table.

– OK… Juste pour rappeler une toute dernière fois que M. West n'est ici qu'à titre d'observateur… Il ne peut en aucune manière participer activement à notre enquête si elle venait à impliquer de près ou de loin l'un des membres du Phénix… Ce qui ne veut pas dire pour autant qu'il n'est pas en droit de nous apporter toute l'expertise qu'il possède sur le sujet…

Le shérif sourit et j'enchaîne.

– Connie ? Est-ce que tu peux commencer par nous faire un compte rendu de tout ce que tu as trouvé jusqu'à présent ?

Elle se lève et se plante devant la série de pages blanches épinglées au mur qui nous servent de tableau improvisé depuis hier matin.

– Grâce à l'aide de Tariq et Larsen qui sont retournés à Vancouver hier soir pour commencer à analyser les centaines d'échantillons que nous avons prélevés, voilà tout ce qu'on a pour l'instant…

Elle dessine une série de lignes concentriques pour représenter les mots « empreintes digitales », assorties des chiffres « 218 ».

– En raison de la taille du terrain vague et du nombre de détritus qui le recouvraient, nous avons dû limiter notre champ de recherche à la périphérie directe de la zone d'où les deux cocktails Molotov ont été lancés, soit un périmètre d'environ 40 m^2 dans lequel nous avons réussi à prélever un total de 218 empreintes digitales – la majorité retrouvées sur des canettes de bière vides.

Elle regarde sa montre.

– Je devrais recevoir – ou plus exactement, Keefe devrait recevoir d'ici une dizaine de minutes – une version scannée des empreintes digitales en question, que nous pourrons commencer à comparer à celles de toute personne déjà fichée par la police. Nous avons également prélevé plusieurs échantillons d'ADN sur des mégots de cigarettes ; des échantillons qui ne pourront nous être utiles que si nous pouvons les comparer à ceux d'éventuels suspects… L'autre mauvaise nouvelle bien sûr, c'est que même si nous arrivions à faire correspondre empreinte digitale et/ou échantillon d'ADN à ceux d'une personne suspecte, cela ne veut en aucun cas dire que nous pourrons la lier directement à l'incendie de l'église. Au mieux, cela prouvera qu'elle se trouvait sur le terrain vague, près de l'endroit d'où ont été lancés les deux cocktails Molotov avant-hier soir. Rien de plus.´

Elle dessine un schéma de bouteille.

– Nous avons de plus, maintenant, de nouveaux détails sur les deux projectiles incendiaires. Il s'agit de bouteilles de deux litres de cidre de marque Strongbow, la marque de cidre la plus populaire à travers le monde, et la numéro 1 importée au Canada... Ce qui anéantit à peu près toutes les chances que nous aurions pu avoir de retracer l'endroit où elles ont été achetées... Nous n'avons retrouvé aucune empreinte digitale sur les éclats de verre qui restaient après impact – ni à l'extérieur ni à l'intérieur de l'église – ce qui laisse penser que la personne qui les a lancées portait des gants. Nous avons par contre réussi à prélever une minuscule quantité de liquide dans le tesson de bouteille qui est retombé à l'extérieur : de l'essence. Une essence à indice d'octane 98, très courante, mais qui contenait un pourcentage élevé de dépôts, qui indiquent soit qu'elle venait d'un fond de réservoir, soit d'un autre récipient de type jerrycan. Ce qui est une excellente nouvelle, puisque cela nous permettra de pouvoir identifier de façon catégorique d'où elle provient – si on retrouve bien sûr le véhicule ou le récipient en question...

Elle épingle plusieurs photos d'empreinte de chaussures sur le mur.

– Nous avons aussi retrouvé des dizaines d'empreintes de pas sur le terrain vague, toutes de taille adulte, dont des empreintes de chaussures Doc Martens, pointure 44, à l'endroit exact d'où les deux cocktails Molotov ont été lancés – des empreintes qui ont en toute vraisemblance été laissées par la personne qui a mis le feu à l'église. Autant qu'on puisse l'établir à ce stade, il s'agirait d'une seule personne, avec suffisamment de force physique pour pouvoir lancer les deux projectiles de l'endroit où elle se trouvait.

Elle s'assoit et je fais signe à Nick d'enchaîner.

– Côté témoins, nous avons parlé à plusieurs personnes qui nous ont dit avoir vu quelqu'un rôder autour de Saint-Joseph, à la nuit tombée, au cours des dernières semaines, mais aucune d'entre elles n'a été capable de nous fournir la moindre description physique. Nous n'avons donc aucune idée s'il s'agit d'un homme ou d'une femme… D'une personne plutôt âgée ou plutôt jeune… Juste que la personne était vêtue de noir, portait une capuche sur la tête et avait un comportement, et je cite : « suspect ». Un des témoins dit aussi avoir entendu un bruit de moteur, qui pourrait correspondre à celui d'une moto, juste avant l'incendie, mais nous n'avons rien pu établir de définitif de ce côté-là non plus.

Il passe le relais à Keefe, et je ne peux m'empêcher de noter la rapidité avec laquelle il s'est acquitté de sa présentation. Ainsi que la dose de mauvaise humeur et/ou de frustration qui semble ne pas l'avoir quitté depuis hier soir.

– Enfin, côté Phénix...

Keefe me jette un long regard pour bien me faire comprendre qu'il n'a pas oublié notre deal – ne mentionner sous aucun prétexte la croix du Phénix que Connie a retrouvée ou mon entretien avec Noah Bowman – et enchaîne en restant assis derrière son portable.

– ... Nous n'avons pour l'instant aucune preuve qui nous permettrait de lier l'incendie d'hier soir aux activités de Jonas Mitchell et de ses disciples. Nous avons par contre réussi à établir, grâce à l'entretien que Kate a eu avec lui hier après-midi, qu'il n'a pas pu physiquement, lui-même, mettre le feu à l'église. Ce qui ne veut pas dire qu'un de ses disciples n'ait pas pu le faire... Bref, à ce moment précis, tout semble indiquer que l'incendie de l'église ne soit pas directement lié aux activités du Phénix, même si c'est difficile à croire...

Je vois le shérif succomber pour la première fois à la frustration qu'il doit ressentir depuis un bon moment.

– Vous êtes sérieux ?

– Oui. Et on ne peut plus désolé... Parce que je peux vous assurer qu'aucun d'entre nous n'apprécie non plus l'idée que des dizaines de personnes soient actuellement sous le contrôle de quelqu'un comme Jonas Mitchell. Mais à ce stade, nous...

Keefe s'arrête net en entendant son ordinateur émettre un petit « beep » d'alerte et se met à taper sur son clavier.

– Ce sont les fichiers d'empreintes digitales qui viennent d'arriver...

Il me regarde.

– Tu veux qu'on bosse dessus ensemble ? Maintenant ?

– Oui.

Je vois Nick ouvrir immédiatement son portable pour prêter main forte à Keefe et West s'approcher d'eux :

– Si jamais il s'agit de quelqu'un de la région, je devrais être capable de le reconnaître...

Je me lève pour aller les rejoindre quand je sens soudain Cortez hésiter sur ma droite. Comme s'il voulait me parler, mais pas devant son supérieur hiérarchique.

Je jette vite un coup d'œil du côté du shérif, déjà absorbé dans les documents que Keefe et Nick sont en train de passer en revue, et je fais signe à Cortez de me suivre jusqu'à la cuisine – en prétextant aller chercher des bouteilles d'eau pour tout le monde.

19.

**BED & BREAKFAST NEW ENGLAND
4200 MAPLE CRESCENT
09:21**

– Vous vouliez me parler ?

Le sergent Cortez s'arrête sur le pas de la porte et hésite un long moment avant de me répondre. Sa casquette entre les mains.

– Oui... Si vous avez deux minutes... Si cela ne vous dérange pas trop...

– Non. Allez-y...

Il me rejoint à l'intérieur de la pièce et ferme la porte derrière lui.

– Agent Kovacs...

Il se met à fixer un point dans l'espace et se tortille plusieurs fois sur place avant de se lancer.

– Il y a quelque chose que je ne vous ai pas dit hier, quand vous m'avez demandé si j'avais remarqué quoi que ce soit d'inhabituel avant l'incendie...

Il baisse les yeux et continue.

– Je vous ai menti. Il s'est passé quelque chose, il y a deux semaines, près de l'église... Mais je ne voulais pas vous en parler, je veux dire, pas rien qu'à vous... Je ne voulais en parler à personne... Je voulais tenir la promesse que je lui avais faite... D'autant plus que cela n'a probablement rien à voir avec ce qui s'est passé...

Il fait une longue pause et j'essaie de le mettre le plus à l'aise possible.

– Écoutez. Si cela n'a effectivement rien à voir avec cette enquête, je vous promets de faire de mon mieux pour que le moins de personnes soient au courant. Dans le cas contraire, vous savez bien sûr que je serais obligée de mettre votre témoignage dans mon dossier. Et qu'il peut éventuellement faire partie des pièces à conviction de cette affaire.

– Je sais... C'est bien pour cela qu'il m'a fallu autant de temps pour me décider à vous en parler...

Il se racle nerveusement le fond de la gorge et se lance enfin.

– Vendredi soir, il y a deux semaines, alors que j'étais de patrouille dans le centre-ville de Squamish, j'ai retrouvé le fils du shérif assis sur le terrain vague de la paroisse Saint-Joseph. Seul... Vers les 20:00... Et j'ai eu l'impression qu'il avait bu. Pas beaucoup, mais juste assez pour ne pas être dans son état normal.

– Dominic ?

– Oui.

– C'est quelque chose qu'il a l'habitude de faire ?

Il lâche un petit rire nerveux.

– Non... Vous vous imaginez bien qu'avec le père qu'il a, ce n'est pas exactement le genre de comportement recommandé. Surtout en ce moment...
– Vous êtes au courant pour la femme du shérif ?
– Oui.

Je ramène le sujet à Dominc West.

– Vous pouvez me dire ce qui s'est passé exactement, ce soir-là ?
– J'ai trouvé Dominic assis contre le mur du cimetière et j'ai tout de suite vu que quelque chose n'allait pas... Je lui ai demandé ce qu'il faisait là à une heure pareille, et il m'a dit de m'occuper de mes oignons... De façon un peu moins polie que ça.
– Vous avez remarqué ce qu'il portait ?
– Oui. Il était habillé en noir, comme d'habitude. Jean, T-shirt, blouson. Rien à signaler de ce côté-là.
– Il avait quelque chose à la main ?

Il hésite.

– Non.
– Près de lui ?
– Non plus. Mais j'ai vaguement eu l'impression qu'il cachait quelque chose dans la poche intérieure de son blouson. Peut-être une canette de bière. En tout cas, quelque chose qui ressemblait à ça...
– Et qu'est-ce qui s'est passé, ensuite ?
– Je lui ai dit que j'allais prévenir son père et il s'est mis à paniquer. Il m'a supplié de ne pas le faire. Que sa famille n'avait vraiment pas besoin de ça en ce

moment... Qu'il s'excusait... Qu'il n'aurait pas dû... Qu'il ne recommencerait jamais... Bref, ce genre de choses. Et j'ai décidé de lui donner le bénéfice du doute.
— Pourquoi ?
— Parce qu'il avait l'air vraiment sincère. Et parce qu'il avait raison, sa famille n'a vraiment pas besoin de ça en ce moment... Du coup, je lui ai proposé de le ramener chez lui en voiture mais il a refusé. Il m'a dit qu'il était censé être chez les Fowler, et que si son père apprenait qu'il lui avait menti, il allait le tuer.
— Les « Fowler » ?
— Oui. C'est la famille chez qui il passe l'essentiel de son temps, la famille de son meilleur ami.
— Mateo ?
— C'est exact.
— Et vous avez laissé Dominic West tout seul sur le terrain vague ?
Nouveau silence.
Nouveau raclement de gorge.
— Oui.
Je me passe la main dans les cheveux.
— Vous vous êtes au moins assuré qu'il était bien rentré ensuite ?
— Oui et non. Je suis repassé devant le terrain vague environ une demi-heure après et il n'était plus là.
— Mais vous n'avez pas vérifié qu'il était bien rentré chez les Fowler ?
Il baisse les yeux.

– Non. Mais essayez de me comprendre… Ce n'est pas très facile pour moi de mettre le nez dans les affaires personnelles de mon supérieur hiérarchique… Sans compter que ce que son fils avait fait était vraiment mineur… Je ne pensais pas que cela puisse avoir la moindre conséquence… En tout cas jusqu'à l'incendie d'avant-hier soir…

Je fais exprès d'utiliser son grade pour bien lui rappeler que nous sommes en train d'enquêter sur une affaire criminelle.

– Sergent, vous pensez que Dominic West a quelque chose à voir avec l'incendie de l'église Saint-Joseph ?

Il manque de s'étrangler en entendant ma question.

– Non ! Bien sûr que non… De toute façon, c'est impossible, puisqu'il était chez les Fowler ce soir-là. Et avant que vous ne me posiez la question, oui, j'ai vérifié. Il a passé toute la soirée avec eux. Mais je crois que c'est lui que les témoins ont vu « rôder » autour de l'église… C'est pour cela que j'ai décidé de vous en parler… Pour que vous ne perdiez pas trop de temps là-dessus…

– Merci.

Je sors mon carnet.

– Vous pouvez quand même me donner l'adresse de la famille Fowler, juste au cas où ? Pour que je puisse vérifier, si besoin était ?

– Bien sûr… C'est le 6 Argyll Crescent. Une grande maison blanche, à quelques rues à peine de celle des West.

Je note vite l'adresse.
– Et vous savez quoi sur eux ?
– Sur M. et Mme Fowler ?
– Oui.
– Juste qu'ils sont très amis avec les West et qu'ils font partie des membres honoraires de la paroisse Saint-Joseph. Chaleureux, polis, entièrement dévoués à leurs enfants… Bref, le genre de famille comme on n'en voit quasiment plus.
– Merci.

Je m'apprête à attraper plusieurs petites bouteilles d'eau dans le frigo pour couvrir notre absence, quand j'entends la voix de Keefe m'appeler du salon.
– Kate ? Viens voir ! On a un 100 % !

Je change vite de pièce avec Cortez.

Et en me plantant devant l'écran de l'ordinateur de Keefe, je vois pour la première fois le visage de notre premier suspect sérieux.

Eddie Conley.

39 ans.

Un homme au physique d'une brutalité rare, qui sert d'introduction parfaite au contenu de son casier judiciaire.
– Arrestations multiples pour coups et blessures, extorsion de fonds, cambriolage… Amendes pour conduite en état d'ivresse… Douze ans de prison au cours des quinze dernières années…

Keefe fait une pause, clique plusieurs fois sur sa souris, et la photo d'une canette de bière de marque

Budweiser apparaît sur l'écran. Suivie par une série d'empreintes digitales. Quatre doigts et un pouce. Le nec plus ultra en matière d'identification de ce genre.

– Ses empreintes étaient sur l'une des canettes de bière vides que Connie a retrouvées sur le terrain vague près de l'église. Et il y a mieux...

Keefe revient en arrière sur le casier judiciaire d'Eddie Conley et me montre la dernière adresse indiquée, qui remonte à moins d'un an : Lot 105, Mamquam River, Squamish.

Je me tourne de suite vers le shérif.

– Vous le connaissez ?

Il hoche la tête.

– Oui.

– Vous savez s'il habite toujours là ?

– Oui, autant que je le sache. C'est un ancien terrain industriel à une cinquantaine de kilomètres d'ici, sur lequel il a installé sa caravane et ses tonnes de pièces détachées.

– Des pièces détachées de quoi ?

– De moto. Il passe l'essentiel de son temps à boire et à bichonner sa Harley Davidson.

Je me tourne vers Nick et je lui tends les clés d'une des deux jeeps.

– Tu conduis ?

Il attrape le trousseau sans hésiter et me fait signe de lui donner deux minutes d'avance.

– Je vais juste vérifier qu'on a bien tout dans le coffre. OK ?

– OK.

Je profite vite de l'occasion pour donner une dernière série d'instructions au reste de mon équipe.

– Keefe, est-ce que tu peux rassembler tout ce que tu peux sur Eddie Conley ? Voir s'il a jamais été impliqué dans un incendie... S'il a, ou a eu, le moindre contact avec les membres du Phénix...

– Comme si c'était déjà fait.

– Connie, est-ce que tu peux finir de passer en revue le reste des empreintes digitales et demander à Tariq et Larsen de revenir pour t'aider ? Si tout se passe comme prévu, j'aurais besoin que vous passiez au peigne fin les affaires de Conley, ce qui risque de ne pas être une mince affaire...

– Je m'en occupe de suite.

– Cortez, j'aurais besoin que vous fassiez du porte-à-porte autour de la paroisse Saint-Joseph avec la photo d'Eddie Conley pour voir si quelqu'un peut l'identifier.

– Sans problème.

– West...

J'hésite avant d'enchaîner.

– J'aimerais que vous veniez avec nous... Et que vous nous indiquiez le meilleur point d'accès une fois sur place...

Je fais attention à bien choisir mes mots pour la suite.

– Mais encore une fois, c'est moi qui dirige cette opération… Et j'aimerais que cette arrestation se passe dans les règles.

– Vous pensez que je ne sais pas comment arrêter un suspect ?

Autant pour tous mes efforts.

– Non. Mais je pense que vous êtes bien plus impliqué dans cette affaire que vous ne devriez l'être et je voudrais éviter tout dérapage… J'espère que vous comprenez…

– Oui. Message reçu 5 sur 5, agent Kovacs.

Et alors qu'il sort de la pièce avec moi pour aller rejoindre Nick dans la jeep, je me demande si j'ai bien fait de lui demander de venir avec nous. Parce qu'Eddie Conley n'a pas l'air d'être le type de personne à laisser passer la moindre erreur à qui que ce soit.

20.

LOT 105
MAMQUAM RIVER
11:13

Nick me montre le panneau « ATTENTION CHIEN MÉCHANT » accroché à la longue chaîne rouillée qui sert de portail à Eddie Conley et dégaine immédiatement son arme.
— Je te parie que c'est encore un putain de pitbull...
Je sors à mon tour mon Beretta et je regarde une toute dernière fois le terrain vague qui nous sépare de notre principal suspect : un rectangle d'herbe jaunie au fond duquel se dresse la silhouette d'une caravane et celle d'un vieux hangar.
Je mémorise la position exacte de la jeep garée derrière nous et celle du seul point impossible à couvrir d'où nous sommes, un petit chemin qui part du hangar et qui rejoint la route nationale qu'on peut entendre gronder en arrière-fond. Puis je vérifie avec le pouce que la languette de sécurité de mon Beretta est bien en position déverrouillée et je fais glisser machinalement ma main gauche sur les bandes en velcro de mon gilet pare-balles. Prête à passer à l'action.

– C'est bon ?

Nick et West hochent la tête et je leur donne le feu vert.

Je m'avance en premier vers la chaîne, revolver tenu à deux mains devant moi, et je l'enjambe sans la toucher – Nick sur ma droite, West sur ma gauche – parfaitement consciente que si le panneau ne mentait pas, nous risquons, au mieux d'entendre une volée d'aboiements trahir notre présence dans les secondes qui suivent, au pire de voir un molosse débouler sur nous à toute vitesse.

Et moins de dix mètres plus loin, c'est le pire des deux scénarios qui se met en branle. Le silence est déchiré par de violents aboiements et la porte de la caravane s'ouvre brusquement.

Je me mets à courir, le Beretta braqué vers la personne sur le point de sortir.

– Police !

Je sens une poussée d'adrénaline exploser dans mon corps en voyant l'animal apparaître soudain dans mon champ de vision – un pitbull arc-bouté de rage attaché au bout d'une longue chaîne – et j'entends Nick se mettre à hurler à son tour :

– Police ! Mains en l'air !!

Je fais signe à West de braquer son arme sur l'animal en réalisant avec horreur que le point d'origine de sa chaîne se trouve à l'intérieur de la caravane et que le propriétaire peut le lâcher à tout moment sur nous. Puis je m'avance avec Nick vers la porte entrouverte.

– Monsieur Conley !! FBI !!

Je vois Nick me demander de le couvrir en m'indiquant en succession rapide plusieurs points dans l'espace et je suis ses instructions, mon arme fermement braquée sur la caravane, en essayant d'ignorer le pitbull qui n'est plus qu'à quelques centimètres de moi.

– Monsieur Conley ! FBI ! Sortez !! Mains derrière la tête !!

Entre les hurlements du pitbull et le bruit des maillons de sa chaîne qui claquent, je ne suis même pas sûre que notre suspect puisse nous entendre.

– Monsieur Conley !! Veuillez sortir !! Immédiatement !!

Je vois Nick se mettre à contourner la caravane pour pouvoir enfin braquer son arme sur la personne qui se trouve à l'intérieur, toujours masquée par le battant de porte entrouverte. Et alors que je perds momentanément le contact visuel avec lui, Eddie Conley fait soudain son apparition.

Lentement...

Les mains plaquées derrière la nuque...

Et quand il réalise que seule mon arme est braquée sur lui et que son chien m'empêche de m'approcher à plus d'un mètre ou deux de sa caravane, il se met brusquement à courir.

– Monsieur Conley !!

Je fais signe au shérif de braquer son arme sur la caravane au cas où quelqu'un d'autre se trouverait à l'intérieur et je m'élance à toute vitesse à la poursuite de notre suspect, le Beretta de nouveau braqué vers le sol, entièrement concentrée sur la silhouette en train de s'éloigner de moi.

– Nick !!

Je vois Nick réapparaître sur ma gauche et se mettre à courir à son tour...

– Police ! STOP !

Je hurle un nouvel avertissement à notre suspect, qui n'est plus maintenant qu'à quelques mètres de nous, et avant qu'il ait le temps de faire quoi que ce soit, il se retrouve plaqué au sol par les 90 kilos de muscles de Nick.

– Ne bougez plus !!

Je m'avance vers eux, incapable de voir si Conley est armé ou non, en suivant chacun des mouvements de Nick avec mon Beretta.

Je le vois attraper le poignet gauche de notre suspect, et plonger son pouce dans le creux de sa main pour bien l'immobiliser... Tenir fermement ses deux mains au-dessus l'une de l'autre dans le bas de son dos... Glisser une paire de menottes autour de ses poignets...

Et une fois que Nick a bien la situation sous contrôle, je diminue un peu la pression avec laquelle je tenais mon arme et je me mets à informer notre suspect de ses droits.

– Monsieur Conley, vous venez d'être arrêté pour l'incendie de l'église Saint-Joseph. Vous avez le droit de garder le silence. Tout ce que vous pourrez dire peut être et sera utilisé contre vous. Vous avez le droit de consulter un avocat, et d'être assisté par lui pendant tout l'interrogatoire. Si vous n'avez pas les moyens d'avoir un avocat, il pourra vous en être désigné un si vous le désirez.

21.

COMMISSARIAT DE SQUAMISH
1713 PEMBERTON AVENUE
14:22

– Alors, comme ça, monsieur Conley, vous avez décidé d'ajouter destruction de lieu de culte à la longe liste de délits pour lesquels vous avez déjà été condamné… Comme si votre casier judiciaire n'était pas déjà assez long comme ça…

Je regarde Nick s'asseoir face à notre principal suspect – menotté à la table de la salle d'interrogation du commissariat de Squamish – et je reste volontairement en retrait pour lui permettre d'assumer dès le départ le rôle d'enquêteur principal dans cette affaire. La tactique sur laquelle nous nous sommes mis d'accord avant d'entrer dans la pièce.

– C'est faux ! Vous le savez bien ! Je n'ai rien à voir avec l'incendie de l'église !

– Vraiment ?

Nick se recule un peu sur sa chaise pour bien montrer à Conley qu'il n'est pas du genre à se laisser facilement intimider.

– Alors pourquoi vous êtes-vous enfui quand vous nous avez vus arriver, ce matin ?

— Parce que vous avez débarqué tous les trois comme des malades avec vos flingues braqués sur moi et sur Tyson et que j'ai paniqué !
— « Tyson » ?
— Oui. Mon chien. Et je vous promets que si jamais il lui est arrivé quelque chose, vous allez…
— Ne vous inquiétez pas. Nous l'avons fait placer dans un chenil du VPD. Même si cela n'a pas été une tâche des plus faciles…
— Sûr ?
— Sûr.

Je suis épatée par la façon dont Nick arrive toujours à trouver un terrain d'entente, même avec le plus minable des criminels.

— Ceci étant, monsieur Conley, ce qui serait bien, si vous ne voulez pas que votre chien finisse sa vie dans ce chenil, c'est que vous commenciez à nous dire ce qui s'est *vraiment* passé vendredi soir…
— Rien !! Je suis allé prendre un pot au Rock Bar comme tous les vendredis soirs… Je suis rentré chez moi… J'ai regardé la télé… Et je suis allé me coucher.
— Seul ?
— Oui. Même si cela ne vous regarde pas.

Nick continue à être le plus désinvolte possible et arrive de nouveau à désamorcer la colère de son interlocuteur.

— Monsieur Conley… Vous avez bien compris pourquoi nous vous avons arrêté ?

– Oui. Vous pensez que j'ai quelque chose à voir avec l'incendie de l'église.

– C'est exact. Ou pour être plus précis parce que nous *savons* que vous avez quelque chose à voir avec l'incendie de l'église Saint-Joseph.

– Mais c'est pas vrai ! Il faut que je vous le dise en quelle langue ! Je n'ai rien fait brûler ! RIEN !! Je n'ai rien à voir avec l'incendie de cette église !

– C'est bizarre… Parce que les empreintes que nous avons retrouvées sur le terrain vague qui jouxte l'église semblent prouver exactement le contraire…

– Quelles empreintes ?

– Celles-ci…

Nick sort une photo de la canette de Budweiser que Connie a retrouvée sur le terrain vague et la fait glisser vers notre suspect.

– Vous avez retrouvé mes empreintes sur une canette de bière ?

Eddie Conley éclate de rire.

– Et c'est avec ça que vous voulez me faire porter le chapeau pour l'incendie d'une église ??

– Non.

Nick fait glisser deux autres documents vers son interlocuteur : une photo d'empreinte de chaussures et une étiquette de bouteille de cidre.

– Nous avons aussi retrouvé ces empreintes de pas sur le terrain vague… qui correspondent à une paire de Doc Martens qui se trouvait dans votre caravane…

Et les restes de deux bouteilles de cidre qui contenaient de l'essence... dont le type et le code d'embouteillage correspondent à celles qui restaient dans un pack ouvert que vous gardiez dans votre hangar...

– Et alors ?

– Et alors, je dirais qu'au vu de votre casier judiciaire et des preuves matérielles qui pèsent contre vous, il n'y a aucune chance sur cette planète qu'un jury ne vous reconnaisse pas coupable de l'incendie.

– À part que ce n'est pas moi qui ai mis le feu à l'église !!

Je suis surprise par la violence de sa réaction.

– J'ai peut-être laissé des traces de pas et une canette de bière vide sur le terrain vague mais c'est tout ! Je n'ai rien fait d'autre !!

– Vous voulez nous faire croire que tout cela n'est qu'une terrible coïncidence ? ! ?

– Oui ! Je vous le promets ! C'est la vérité !

Je sens Nick perdre patience.

– OK... Vous voulez donc dire que vous étiez bien sur le terrain vague qui jouxte l'église vendredi soir... Que c'est vous qui avez laissé les traces de pas et la canette de bière vide à l'endroit exact d'où les deux projectiles incendiaires ont été lancés contre les fenêtres de l'église... Mais que ce n'est pas vous qui y avez mis le feu...

– C'est ça !!

Nick doit faire des efforts pour rester calme.

– Dans ce cas-là, j'imagine que vous n'aurez aucune objection à nous dire ce que vous faisiez sur le terrain vague en question, avant-hier soir, juste *avant* que l'église ne prenne feu...

– Heu... Vous savez ce que c'est... Je sortais du pub, j'avais bu plusieurs bières... J'avais juste besoin de faire un petit arrêt sur la route... Contre le mur de l'église...

– Vous avez fait ce « petit arrêt » à quelle heure ?

– Je ne sais pas... Je n'étais pas particulièrement clair... Mais je dirais vers 23:00-23:30... Vous pouvez essayer de demander au barman du Rock Bar. Il se souvient peut-être de l'heure à laquelle je suis parti...

– Et après ça, vous êtes rentré chez vous à moto ?

– Oui.

– Ivre ?

– Non, je n'irais pas jusque-là... Disons « légèrement éméché »...

Nick secoue plusieurs fois la tête avant de reprendre.

– Et la canette ?

– Quelle canette ?

– Celle que nous avons retrouvée avec vos empreintes au pied du mur de l'église.

– Oh, la canette de bière...

Eddie Conley sourit et je dois à mon tour faire des efforts pour rester calme.

– La canette de Bud, c'est une tout autre histoire...

– Une « autre histoire » ?
– Oui. Je ne l'ai pas jetée sur le terrain vague il y a deux jours mais il y a deux semaines. Le soir où le Phénix s'est remis à faire la une des infos.
– Le soir où Jonas Mitchell a fait sa déclaration ? Le soir du deuxième verdict ?
– Oui. Je m'en souviens parfaitement, parce qu'il y a eu un grabuge pas possible au Rock Bar et c'est pour cela que je suis rentré plus tôt. Parce que le proprio m'a vidé pour avoir soi-disant « perturbé » ses autres clients. Les infos locales passaient la nouvelle en boucle sur le poste de télé qu'il y a juste au-dessus du comptoir.
– Et c'est ce soir-là que vous avez jeté la canette de bière qu'on a retrouvée au pied du mur de l'église ?
– Oui et non.
– Oui et non ??
– Oui, j'ai bien jeté la canette de bière en question ce soir-là. Mais non, je ne l'ai pas jetée au *pied* du mur de l'église… Je l'ai jetée contre l'une des fenêtres du bâtiment…

Je vois Nick serrer les deux poings sous la table et j'hésite à intervenir.
– Pourquoi ?
– Parce que j'ai vu une lumière bouger à l'intérieur et que je me suis dit que ça serait marrant de faire peur à la personne qu'il y avait dedans… Surtout si c'était une petite mamie en train d'allumer un cierge ou un truc comme ça…

— Vous réalisez ce que vous êtes en train de me dire ?! ?

— Oui… Je sais bien… J'imagine que vous n'avez pas le même sens de l'humour que moi. Mais je vous dis la vérité. J'aurais pu vous mentir pour la canette mais je ne l'ai pas fait. Ça devrait vous rassurer.

— *Me rassurer ?! ?*

J'interviens pour la première fois en sentant Nick au bord de l'explosion.

— Monsieur Conley… Vous savez que nous pourrons prouver si la canette dont nous sommes en train de parler a passé ou non plusieurs jours sur le terrain vague.

— Allez-y. Je vous ai dit la vérité. Vous pouvez vérifier. Je ne l'ai pas jetée sur le terrain vague il y a deux jours. Et, je suis sûr qu'en cherchant bien, vous arriverez aussi à trouver qui a vraiment mis le feu à l'église. Parce que pour l'instant, je peux vous assurer que vous et votre collègue faites complètement fausse route.

— Qu'est-ce que vous voulez dire par là ?

— Que c'est plutôt du côté du Phénix que vous devriez chercher…

— Pourquoi ?

— Parce que je passe devant l'église Saint-Joseph à chaque fois que je sors du pub et que cela fait des semaines et des semaines que je vois un mec louche rôder la nuit autour de l'église. Veste à capuche. Habillé en noir des pieds à la tête. Je l'ai même vu à plusieurs reprises escalader le mur du cimetière.

— Vous pourriez reconnaître la personne en question, à partir d'une photo ?

— Non. Je n'ai jamais vu son visage.

— Naturellement…

Je grimace en entendant la colère qu'il y a de nouveau dans la voix de Nick et je le laisse enchaîner à contrecœur.

— Vous trouvez donc marrant de jeter des projectiles contre les fenêtres d'une église. Vous étiez sur le terrain vague le soir de l'incendie. Et vous voulez nous faire croire que la personne qui a mis le feu à l'église Saint-Joseph est une sorte de fantôme noir que vous avez vu « rôder » la nuit lorsque vous sortiez du pub, « un peu éméché » ? ! ?

Il frappe la surface de la table avec le plat de sa main et se penche en avant pour bien faire face à notre suspect.

— Vous nous prenez pour deux idiots ? ! ?

— Non !! Je vous le jure !! Je vous ai dit la vérité ! Si vous ne me croyez pas, vous n'avez qu'à demander au shérif. J'ai vu sa voiture de patrouille garée devant le cimetière le soir du verdict. Il démarrait quand je suis arrivé. Je l'ai vu de loin… Et ça devait être à cause de ça… Le curé a dû voir quelqu'un rôder autour de son église ou sauter le mur du cimetière. Il a peut-être même porté plainte. Vérifiez !

Je repense à ce que Cortez m'a dit ce matin et je réalise que je n'ai pas encore pris le temps de vérifier si

Dominic West était bien chez les Fowler avant-hier soir. Et en sachant déjà que Nick ne va pas du tout aimer ça, je décide d'interrompre brusquement cet interrogatoire.

– OK... Voilà ce que nous allons faire monsieur Conley... Nous allons faire un break et vérifier si toutes les informations que vous venez de nous communiquer sont exactes ou non. Mais je vous préviens, si jamais nous découvrons que vous nous avez menti, aussi minuscule ce mensonge soit-il, je peux vous assurer que je n'aurais aucune hésitation à vous inculper de l'incendie de l'église Saint-Joseph, et ce dès mon retour. Vous avez bien compris ?

– Oui. Mais vous verrez. Je ne vous ai pas menti. Tout ce que je vous ai dit est la vérité.

Je me lève et je fais signe à Nick de me rejoindre dans le couloir. Et en le voyant claquer la porte derrière lui, puis se planter devant moi, les jambes écartées, les bras croisés devant la poitrine, je réalise que j'ai sous-estimé l'ampleur de sa frustration.

– J'ai rêvé ou c'est moi qui étais censé mener cet interrogatoire jusqu'au bout ?

– Je sais... Désolée...

– Ouais... Comme de nous avoir donné une version la plus édulcorée possible de ce qui s'était passé avec Jonas Mitchell et avec Noah Bowman.

Même si je sais qu'il a raison sur le fond, j'ai du mal à encaisser le coup.

– OK. Je m'excuse. À nouveau. C'est bon ?
– Non.
– Non ?

Je sens l'intensité et le manque de sommeil des deux derniers jours se transformer en une sorte de tension physique de plus en plus difficile à contrôler.

– Qu'est-ce que tu veux dire par là ?
– Que cela fait deux jours que tu gères tout comme si tu étais la seule personne à travailler sur cette affaire. Que tu ne nous communiques que ce que tu as bien envie de nous communiquer… Que tu disparais pendant des heures et des heures sans nous dire où tu es… C'est comme si soudain, ta priorité numéro 1 était de nous cacher le maximum de choses…
– Tu sais bien que ce n'est pas vrai.
– Vraiment ?

Je baisse les yeux et il hésite un long moment avant de continuer.

– Écoute, Kate, cela fait plus de six ans que je bosse avec toi, et que tu le veuilles ou non, je commence à bien te connaître… Je sais que quelque chose ne va pas, que quelque chose te travaille depuis le début de cette enquête… Et j'ai bien compris que tu ne voulais pas en parler. Ce qui est OK. Sauf si cela a un rapport direct avec l'affaire sur laquelle nous travaillons actuellement.
– Non. Cela n'a rien à voir avec cette enquête. C'est personnel. Et tu as raison, je ne veux pas en parler. Mais pour en revenir à ta question, oui, c'est toi qui étais

censé mener cet interrogatoire comme tu l'entendais et je n'aurais jamais dû y mettre fin comme ça... Mais il y a quelque chose que j'ai besoin de vérifier... Seule... Le plus vite possible... Et si tu me connais effectivement aussi bien que tu le penses, tu devrais savoir que je ne me comporterais jamais ainsi sans avoir une bonne raison pour le faire.

Il soupire et me regarde droit dans les yeux.

– C'est quelque chose de grave ?

– Quoi ?

– Ce dont tu ne veux pas nous parler ?

– Non. Promis. C'est juste quelque chose qui m'a contrariée avant qu'on parte. Rien de plus.

– OK...

Il ne semble qu'à moitié convaincu.

– Et j'imagine que maintenant, tu veux qu'on change de sujet et qu'on se sépare de nouveau pour couvrir le maximum de terrain.

– Oui. Comme quoi tu me connais effectivement très bien...

Il sourit et je me détends un peu à mon tour.

– J'ai besoin que tu vérifies en priorité tout ce que nous a dit Conley. S'il était bien au Rock Bar il y a deux semaines... Si le proprio l'a bien viré comme il nous l'a dit... Si la paroisse Saint-Joseph est bien sur son chemin... Etc.

– Et de ton côté, tu aimerais vérifier, seule, si le shérif a reçu ou non un appel de la paroisse, le soir du verdict ?

– Entre autres.

Il sourit à nouveau et je pose ma main sur son épaule.

En espérant que ce geste prouvera que tout est de nouveau rentré dans l'ordre entre nous.

22.

MAISON DE LA FAMILLE FOWLER
6 ARGYLL CRESCENT
15:29

– Madame Fowler ? Mon nom est Kate Kovacs. Je travaille avec Darren West sur l'incendie de l'église Saint-Joseph. Je peux vous poser deux ou trois questions ?

Je montre mon badge à la femme d'une quarantaine d'années qui vient de m'ouvrir et je la regarde m'indiquer l'intérieur du bâtiment avec un grand sourire.

– Oui, bien sûr, entrez...

Elle me fait signe de la suivre jusque dans la cuisine et baisse le feu sous une série de casseroles fumantes de vapeur en s'excusant.

– Désolée... J'étais en train de préparer le repas pour ce soir...

– C'est bon. Allez-y... Faites tout ce que vous avez à faire.

– Merci.

Elle mélange vite le contenu d'une des casseroles avec une spatule en bois avant de se tourner vers moi pour bien me faire face, un peu gênée quand elle réalise que le tablier qu'elle porte est orné d'un énorme logo : « Super Maman ».

– C'est le genre de choses qu'on vous offre pour votre anniversaire quand vous êtes femme au foyer avec plusieurs enfants.

– Vous en avez combien ?

– Trois. Sans compter mon mari.

Je souris et en voyant la légèreté qu'il y a dans son regard, je me dis que c'est probablement l'une des choses que Dominic West doit apprécier chez elle.

– Madame Fowler, je suis en train d'essayer de rassembler des informations sur les personnes qui fréquentaient de façon régulière la paroisse Saint-Joseph, et il semble que vous et votre famille en faites partie, c'est exact ?

– Oui.

– Toujours d'après les informations que j'ai réussi à rassembler, il semblerait aussi que Dominic West, le fils du shérif, passe pas mal de temps chez vous depuis plusieurs mois…

– Oui… Aussi exact… Et ?

Je la sens devenir inquiète et je décide d'aller droit au but.

– J'aurais besoin de savoir où il était le soir de l'incendie.

Elle n'hésite même pas.

– Avec nous.

– Toute la soirée ?

– Oui.

Elle se tourne et décroche l'une des nombreuses photos qui recouvrent les parois de son frigo.

—Ce qui est facile à prouver… Même si je n'arrive vraiment pas à croire que vous puissiez penser, ne serait-ce qu'un instant, que Dominic ait quoi que ce soit à voir avec l'incendie de l'église.

Elle me tend la photo qu'elle vient de décrocher en secouant la tête, pour bien me faire comprendre qu'elle n'apprécie pas du tout ce que je viens d'insinuer.

—Nous n'étions pas ici, vendredi soir… Hannah venait d'avoir une séance de chimio particulièrement difficile et nous avons décidé d'amener tous les enfants à Vancouver. Pour voir un film en 3D, sur la barrière de corail australienne.

Je regarde le cliché – une photo digitale datée d'avant-hier soir sur laquelle on peut voir Dominic West entouré de la famille Fowler au grand complet, rassemblés autour de l'affiche d'un cinéma IMAX – et je me force à continuer.

—Vous étiez là-bas de quelle heure à quelle heure ?

—On a dû partir de Squamish vers les 17:00-18:00 et on est rentrés très tard. Vers les minuit et demie, une heure du matin. Et après ça on est tous allés se coucher.

—Dominic a dormi chez vous ?

—Oui. C'était le but. Donner à Hannah et Darren un peu de temps à eux.

Je suis à la fois soulagée de ne pas avoir à annoncer au shérif et à sa femme que leur fils est soupçonné d'avoir mis le feu à une église, et frustrée de faire une fois de plus fausse route.

Je repense aux commentaires de Cortez sur la famille Fowler et je décide d'essayer de glaner quelques informations supplémentaires avant de reconcentrer mes efforts sur Eddie Conley.

– Juste une dernière question, madame Fowler… Vous et votre mari faites bien partie des membres « honoraires » de la paroisse Saint-Joseph ?

– Oui.

– Ce qui veut dire ?

– Que nous faisons tout notre possible pour soutenir les activités de la paroisse. Je donne des cours de catéchisme et mon mari organise des sorties à la montagne pour les jeunes de la région. Ce genre de choses…

– Vous avez donc eu de nombreux contacts avec les autres membres de la paroisse au cours des dernières années, des derniers mois ?

– Oui.

– Et au cours de tous ces contacts, n'avez-vous jamais rien remarqué d'inhabituel ?

– Comme ?

– Un nouveau paroissien qui aurait pu attirer votre attention ? Avoir un comportement étrange ?

– Non. Au contraire. Nous sommes toujours ravis de pouvoir accueillir de nouveaux membres dans notre paroisse… Quel que soit leur comportement.

– Qu'est-ce que vous voulez dire par là ?

– Que même avec tout le temps et l'énergie que nous y passons, redresser la situation financière de la paroisse n'est pas une chose facile.
– La paroisse Saint-Joseph a des problèmes financiers ?
– Vous ne le saviez pas ?
– Non.

Elle se retourne pour se concentrer de nouveau sur son armée de casseroles, et en la voyant me tourner le dos le plus longtemps possible, je comprends le message qu'elle est en train de me faire passer et je décide d'en rester là. Pour aller vérifier au plus vite avec Keefe si la dernière information qu'elle vient de me donner est effectivement correcte.

23.

BED & BREAKFAST NEW ENGLAND
4200 MAPLE CRESCENT
16:12

– Bingo !

Keefe me tend une série de feuilles A4 et s'assoit face à moi, à la table du salon.

– Mme Fowler avait raison. La paroisse Saint-Joseph était au bord de la faillite juste avant l'incendie.

– « Était » ?

– Oui. Non seulement le bâtiment était assuré tous risques, mais le père O'Malley venait en plus de souscrire une police d'assurance spécialement conçue pour couvrir des dégâts de type incendie, bris de glace, vol, vandalisme, etc.

– Quand ?

– Le lendemain du verdict d'il y a deux semaines. Ce qui n'est que moyennement surprenant, vu la déclaration qu'a faite Jonas Mitchell ce jour-là…

Je regarde les chiffres imprimés sur les documents que vient de me donner Keefe, et je réalise que, dans un des scénarios que je n'avais encore pas du tout pris en compte, l'incendie de Saint-Joseph est loin d'être une catastrophe financière pour la paroisse de Squamish. Parce que le remboursement prévu en cas de sinistre majeur représente le double de la valeur réelle du bâtiment et de son contenu.

– Tu es sûr de ces chiffres ?

Keefe me répond sans hésiter.

– Oui. Et il y a mieux...

Il me tend une autre série de documents.

– Tant que j'y étais, j'ai aussi vérifié si quelque chose d'autre aurait pu pousser le père O'Malley à dépenser quasiment tout l'argent qui restait dans ses caisses pour acquérir une police d'assurance aussi spécifique, et j'ai trouvé ça...

Il me montre l'un des paragraphes qu'il a surligné.

– Il y a deux semaines, le soir du verdict, la compagnie de télésurveillance de la paroisse a reçu un message automatique d'entrée par effraction. À en croire les codes enregistrés dans leurs archives, c'est une alarme silencieuse placée sur la porte arrière de l'église, qui aurait été déclenchée... À 23:07. Mais quand ils ont appelé le père O'Malley pour le prévenir et lui dire qu'ils allaient envoyer quelqu'un, le prêtre leur a dit qu'il s'agissait d'une fausse alerte. Qu'il avait activé par erreur le système de sécurité de son église alors qu'un de ses paroissiens se trouvait encore à l'intérieur.

– À 23:07 ??

– C'est aussi ce que j'ai pensé… Mais comme du coup personne n'est allé vérifier quoi que ce soit, on n'a aucun moyen de savoir ce qui s'est vraiment passé… À part, bien sûr, de demander au père O'Malley pourquoi il a « omis » de mentionner cet incident, quand tu lui as parlé hier matin…

Je suis furax.

– On est sûr qu'il n'y a aucune erreur possible du côté de la compagnie de sécurité ?

– A priori non. Toutes les informations qu'ils m'ont données étaient enregistrées sur des fichiers informatiques nickel. Et l'employé à qui j'ai parlé se souvenait très bien de l'incident en question. C'est lui qui était de service ce soir-là et qui a parlé au père O'Malley par téléphone… Et avant que j'oublie…

Il fait glisser deux feuilles vers moi.

– On vient aussi de recevoir deux autres résultats du labo de Vancouver… Le premier est le rapport d'analyse de l'échantillon de peinture prélevé sur la croix du Phénix à l'intérieur de l'église.

Je regarde la photo de bombe aérosol agrafée à l'un des deux documents.

– Il s'agit d'un type de peinture bien spécial… Marque Krylon. Gamme Tempera. De la peinture utilisée pour ses qualités non permanentes…

Je relève les yeux.

– C'était de la peinture lavable ?

– Oui. Sauf qu'il y a bien marqué sur l'emballage que certaines traces peuvent rester, si elle était utilisée sur une surface poreuse, ce qui était le cas du mur en pierre de l'église. Sans quoi, on n'aurait probablement jamais rien retrouvé, entre l'eau utilisée par les pompiers et les flammes de l'incendie...

– On sait de quelle couleur elle était ?

– Oui. Et c'est encore un truc bizarre... C'était de la peinture dorée. Comme celle qu'on utilise d'habitude pour des décorations de fête... Quant à l'autre résultat...

Je passe au deuxième document que Keefe vient de me donner et il enchaîne.

– Il s'agit du rapport préliminaire de graphologie sur la croix du Phénix... Comme tu le sais, les photos que Connie a prises dans l'église étaient loin d'être parfaites, mais les experts du département grapho ont quand même réussi à établir deux choses : 1) la croix a été peinte par une personne droitière. 2) La personne en question était soit très nerveuse, soit sous l'effet de substances de type alcool ou drogue quand elle l'a peinte. Traits tremblés. Courbe peu assurée.

– Rien sur son âge ou sa personnalité ?

– Non. Mais ils pensent qu'il s'agit d'un homme. Même s'ils ont bien précisé qu'ils n'en étaient pas complètement sûrs.

Je feuillette une dernière fois les différents documents étalés devant moi et j'attrape mon portable pour faire un point avec Nick avant de retourner voir le père O'Malley.

– Détective Ballard.
– Nick ? C'est Kate. Tu as du nouveau ?
– Oui… Donne-moi deux secondes…

Je l'entends s'éloigner d'une source de musique, que je devine être le fond sonore du Rock Bar, avant de continuer.

– OK… Jusqu'à présent, tout semble indiquer que Conley nous a bien dit la vérité sur les soirées qu'il a passées au Rock Bar.

Malgré la mauvaise qualité de la ligne, je peux entendre la déception dans sa voix.

– Il était bien au Rock Bar le soir du verdict, il y a deux semaines, et le proprio l'a bien vidé comme il nous l'a dit. Sauf que ce n'était pas juste parce qu'il « perturbait » un peu ses autres clients… Il était apparemment ivre mort et quand les infos se sont mises à passer le résultat du verdict et la déclaration de Jonas Mitchell, il s'est mis à hurler toutes sortes d'insultes vers le poste de télévision accroché au-dessus du comptoir.

– Contre le Phénix ?
– Non. Contre la paroisse Saint-Joseph et le père O'Malley.
– Sérieux ?
– Oui. C'est pour cela que le proprio l'a vidé. Il m'a dit que si Eddie Conley avait juste insulté Jonas

Mitchell ou le Phénix, il l'aurait probablement laissé faire. Mais que le père O'Malley était un membre respecté de la communauté et que le reste de ses clients n'avait guère apprécié la sortie de Conley.

– Il se souvient aussi si Conley était dans son établissement avant-hier soir ?

– Oui. Il a bien confirmé qu'il avait passé une bonne partie de la soirée à boire, comme tous les vendredis soirs.

– De quelle heure à quelle heure ?

– Autant qu'il s'en souvienne, il pense que Conley a dû arriver vers les 17:00, et qu'il a dû repartir, comme d'habitude, vers les 23:00-23:30.

– Ce qui veut dire qu'il a bien pu mettre le feu à l'église juste avant minuit…

– Oui. Le bar et l'église ne sont qu'à une dizaine de minutes de route. Et Conley ne nous a pas non plus menti sur le fait que la paroisse était sur son chemin. La route qui passe devant Saint-Joseph est l'une des principales voies de sortie de Squamish.

Il laisse un long silence avant de continuer.

– Tu as réussi à vérifier si le shérif avait bien rendu visite au père O'Malley le soir du verdict ?

– Non. Pas encore. Mais j'ai découvert quelque chose d'autre…

Je regarde ma montre.

– Écoute Nick, est-ce que tu pourrais appeler ou passer voir Keefe pour qu'il te montre tout ce qu'on vient de trouver ?

– Pas de problème.
– J'aimerais parler au père O'Malley dès que possible et te rejoindre ensuite au commissariat. Vers les 18:30-19:00 ? C'est bon pour toi ?
– Parfait.
– À plus donc ?
– À plus.

Je raccroche et je demande à Keefe d'essayer d'obtenir le dossier complet de la police d'assurance que vient de souscrire la paroisse Saint-Joseph, avant de retourner parler au père O'Malley. En espérant que ce nouvel entretien ne me forcera pas à le mettre en tête de notre liste de suspects.

24.

**PRESBYTÈRE SAINT-JOSEPH
2449 HIGHLANDS WAY
17:34**

– Après vous...

Le père O'Malley me fait signe de le suivre jusqu'au salon de son presbytère et je m'assois dans le fauteuil qu'il m'indique, déjà mal à l'aise rien qu'au contact du décor qui nous entoure : petits napperons en dentelle, bibelots le long des fenêtres, plaid sur le canapé – aussi terne que le tapis qui s'étend à mes pieds.

– Monsieur O'Malley, nous venons de découvrir plusieurs nouveaux éléments dans le cadre de notre enquête, et j'aurais besoin que vous nous aidiez à éclaircir quelques points... Vous avez quelques minutes à m'accorder ?

– Naturellement. De quoi s'agit-il ?

Sans lui demander son accord, je sors mon dictaphone et je le branche avant de le poser sur l'accoudoir de mon fauteuil, micro braqué dans sa direction.

– Monsieur O'Malley, j'aimerais tout d'abord que nous revenions sur ce que vous m'avez dit avant-hier...

Je sors mon carnet pour bien lui faire comprendre que sa déclaration fait partie des éléments officiels de notre enquête.

– Vous m'avez dit, et je cite, qu'il ne s'était rien passé « d'inhabituel », au cours des mois et des semaines qui ont précédé l'incendie.

– C'est exact.

– Nous venons pourtant de découvrir que l'une des alarmes de votre église a été déclenchée il y a deux semaines. Le soir du verdict après lequel Jonas Mitchell a proféré toutes sortes de menaces contre la vallée de Squamish... Ce qui, me semble-t-il, tombe dans la catégorie des choses inhabituelles.

– Oh... L'incident de l'alarme...

Il sourit.

– C'était de ma faute. Entièrement de ma faute... Il y avait encore une personne à l'intérieur de l'église et je ne l'ai pas vue. J'ai branché l'alarme par erreur.

– Vous pouvez me dire de quelle personne il s'agissait ?

Il baisse les yeux et joint les paumes de ses mains sur ses genoux.

– Je préférerais garder cette information confidentielle.

– Pour quelle raison ?

– Parce que j'essaie d'offrir le plus d'intimité possible à mes paroissiens. Certains d'entre eux préfèrent se recueillir la nuit, après la fermeture de l'église.

Quand elle est vide, loin du regard de leurs semblables…

Je pense à Noah Bowman.

– Vous réalisez bien que, dans les circonstances actuelles, il est fort possible que cette personne ait quelque chose à voir avec l'incendie… Qu'elle ait par exemple testé il y a deux semaines si vous aviez ou non un système de sécurité…

– J'en doute. Je connais bien la personne en question et je peux vous assurer qu'elle n'a aucune raison de vouloir mettre le feu à mon église.

– Avec tout mon respect, ce n'est pas à vous d'établir ce genre de choses, c'est à moi.

Il me regarde en penchant légèrement la tête sur le côté, comme si je venais de briser un tabou majeur.

– Vous n'êtes pas croyante ?

– La nature de mes croyances religieuses n'a absolument rien à voir avec cette enquête.

Il hésite un long moment avant de continuer.

– C'est pour cela que vous ne pouvez pas comprendre… Parce que, pour vous, seules les choses qui peuvent être prouvées existent… Parce que vous voyez tout de façon rationnelle, scientifique.

Je résiste avec difficulté.

– Monsieur O'Malley…

– Laissez-moi finir, s'il vous plaît… Ce que je veux dire par là, c'est que je ne suis peut-être pas en mesure de vous donner de preuves physiques, concrètes, que le paroissien que vous semblez soupçonner n'a rien à voir avec l'incendie de mon église. Mais je peux par contre vous dire que je le connais très bien. Intimement. Et qu'il est incapable d'avoir fait une chose pareille.

Je ne suis pas sûre de la meilleure approche à adopter.

– Écoutez… Je ne cherche en rien à remettre en cause vos croyances religieuses, mais je suis ici pour établir de façon officielle ce qui s'est passé et essayer de rassembler des preuves physiques, irréfutables, pour pouvoir inculper le ou les personnes qui ont mis le feu à votre église. Et je vais être franche avec vous. Pour l'instant, tout semble indiquer que vous vous attendiez à ce que votre église soit attaquée, voire même que vous êtes en train de protéger le ou les personnes qui y ont mis le feu.

– Pardon ?

Je reste silencieuse.

– Vous pensez que je connais l'identité de la personne qui a brûlé mon église ?

– C'est une des pistes sur lesquelles nous travaillons actuellement.

Je lui tends une copie des deux polices d'assurance que Keefe a imprimées pour moi.

– Vous pouvez m'expliquer pourquoi, alors même que les caisses de votre paroisse étaient quasiment vides, vous avez souscrit une *deuxième* police d'assurance il y a deux semaines ? Spécialement prévue pour couvrir des dégâts de type « incendie, bris de verre et vandalisme » ?

– À cause des menaces que Jonas Mitchell a proférées contre la vallée… J'ai eu peur qu'il s'en prenne à ma paroisse.

– Pourquoi ne pas nous en avoir parlé hier matin ?

– Parce que vous ne m'avez pas posé la question… Et parce que j'étais préoccupé par tellement d'autres choses à ce moment-là, que j'ai oublié de vous le dire…

Je vois ses mains se mettre soudain à trembler et je réalise qu'à force de tout regarder à travers le filtre de mes a priori personnels depuis le début de cette enquête, il m'a fallu beaucoup plus de temps qu'à l'ordinaire pour remarquer quelque chose d'essentiel : que l'homme assis en face de moi est quelqu'un qui a peur.

– Monsieur O'Malley ?

Je fais vite marche arrière.

– Vous avez été menacé ? Je veux dire, directement, en plus des menaces que Jonas Mitchell a proférées contre la vallée ?

– Non.

– C'est pour cela que vous avez appelé le shérif le soir du verdict ?

Il fronce les sourcils.

– Je n'ai jamais appelé le shérif le soir du verdict.

– Vous en êtes sûr ?

– Oui.

Je réalise à contretemps que la voiture de police qu'Eddie Conley a vue devant le cimetière était probablement celle du sergent Cortez qui venait de découvrir Dominic West assis sur le terrain vague.

– Monsieur O'Malley… Selon une des personnes que nous venons d'interroger, il y aurait eu de la lumière à l'intérieur de votre église ce soir-là… Vers les 23:00-23:30...

– C'est fort possible… Il ou elle a dû voir le halo des cierges qui restent parfois allumés la nuit.

– Et vous n'avez rien entendu qui sortait de l'ordinaire ce soir-là ?

– Non.

– Ou vu quelque chose d'autre qui sortait de l'ordinaire ?

– Non.

Il semble de plus en plus nerveux.

– Monsieur O'Malley, est-ce que vous avez récemment fait tomber un objet en porcelaine à l'intérieur de votre église ?

– Non.

– Vous en êtes sûr ?

– Oui. Écoutez… Vous pouvez continuer à me poser des questions pendant des heures, nous n'arriverons absolument à rien. Parce qu'il ne s'est rien passé ce soir-là qui ait quoi que ce soit à voir avec l'incendie de mon église.

– Mais il s'est bien passé quelque chose.

– Oui. Un des mes paroissiens a déclenché par accident une des alarmes du bâtiment. Et c'est tout. Rien de plus.

– Vous ne voulez toujours pas me donner l'identité de cette personne ?

– Non. Je suis désolé. Je ne peux pas.

Je sens de nouveau la frustration prendre le dessus.

– Monsieur O'Malley... Vous vous rendez bien compte qu'en refusant de me donner le nom de cette personne, vous êtes en train de faire obstruction au déroulement d'une enquête judiciaire ?

– Oui. Et je suis prêt à en assumer les conséquences.

– Vous savez ce que cela veut dire ?

– Oui. Que si vous veniez à me demander de révéler l'identité de cette personne sous serment, je refuserais de le faire. Et que vous seriez légalement en droit de m'inculper d'entrave à la justice. Et si cela ne vous dérange pas trop, j'aimerais maintenant que nous en restions là...

– Pourquoi ?

Il force ses mains à arrêter de trembler en les posant l'une sur l'autre et conclut vite d'un ton sans équivoque :

– Parce que je n'ai absolument rien à ajouter qui pourrait vous aider dans votre enquête.

Je sors du presbytère, confuse à l'idée que le père O'Malley soit prêt à risquer sa liberté pour protéger l'un de ses paroissiens, surtout s'il pense qu'il n'a rien à voir avec l'incendie de son église – et en voyant que Connie m'a laissé un message URGENT sur mon portable, je la rappelle de suite.

– Connie ? C'est Kate. Tu as du nouveau ?

– Oui. Je pense qu'on a assez pour inculper Eddie Conley de l'incendie de l'église Saint-Joseph.

– Quoi ?? Qu'est-ce que tu as trouvé ?

Je monte dans la jeep et je claque vite la portière derrière moi.

– Tu te souviens de l'échantillon de carburant que j'ai prélevé dans le tesson de bouteille au pied du mur de l'église ?

– Oui.

– Eh bien j'ai prélevé un autre échantillon dans un des jerrycans d'essence qu'Eddie Conley gardait dans son hangar, et j'ai envoyé les deux prélèvements de toute urgence au labo de Vancouver.

– Et ils correspondent ?

– Oui. Aucun doute possible. Le jerrycan ne datait pas d'hier et il y avait toutes sortes de dépôts à l'intérieur, des dépôts qu'on a retrouvés dans les deux échantillons. De plus, les seules empreintes digitales qu'il y avait sur le jerrycan appartiennent toutes à Eddie Conley. Ce qui devrait être largement suffisant pour convaincre un jury. Je vais quand même continuer à fouiller le hangar et le reste de son terrain pour voir si je peux trouver d'autres indices matériels qui correspondent, mais en attendant, je me suis dit que toi et Nick pourriez peut-être utiliser ça pour essayer de le faire avouer.

– Excellent boulot. Merci.

– De rien.

Je repense à ce que Keefe vient de trouver sur les finances de la paroisse Saint-Joseph, et à la théorie aussi improbable soit-elle, qui ferait que le père O'Malley soit impliqué dans l'incendie de sa propre église... En payant par exemple Eddie Conley pour y mettre le feu.

– Tu es toujours sur le terrain de Conley ?

– Oui. Avec Tariq et Larsen.

– Vous avez déjà commencé à fouiller sa caravane ?

– Non. Pas encore. On s'est concentrés jusqu'à présent sur son hangar. Pourquoi ?

J'hésite.

– Écoute... J'aimerais que tu ailles dans sa caravane et que tu fouilles ses affaires.

Elle hésite à son tour.

– Tu cherches quelque chose en particulier ?

– Je ne suis pas sûre... Mais il est possible qu'il y ait un lien entre Eddie Conley et le père O'Malley.

– De quel type ?

– Encore une fois, je ne suis pas sûre... Mais Keefe a trouvé pas mal de choses sur la paroisse Saint-Joseph qui me font penser qu'on a peut-être raté quelque chose... Qu'Eddie Conley n'est peut-être pas la seule personne impliquée dans l'incendie d'avant-hier...

– Pas de problème. Je te rappelle si je trouve du nouveau.

– Merci.

Je raccroche et je m'en vais rejoindre Nick au commissariat de Squamish. De plus en plus convaincue que nous sommes en train de passer à côté de quelque chose d'important.

25.

COMMISSARIAT DE SQUAMISH
1713 PEMBERTON AVENUE
18:53

Nick s'assoit de nouveau face à Eddie Conley – toujours menotté à la table de la salle d'interrogation du commissariat de Squamish – et me fait signe de prendre place sur l'une des deux chaises vides placées à côté de lui.

Et comme tout à l'heure, je reste en retrait et je le laisse gérer dès le début cet entretien.

– Alors ?
– Alors rien.

Nick ignore l'air outré de notre suspect.

– Comment ça, rien ?!? Vous n'êtes pas allés vérifier tout ce que je vous ai dit tout à l'heure ??
– Oh si... Nous avons bien tout vérifié...
– Et alors ? Vous avez bien vu que je vous avais dit la vérité, non ?
– Oui. À part bien sûr que vous avez « oublié » de mentionner que c'était bien vous qui aviez mis le feu à l'église Saint-Joseph.

– Quoi ? ! ?

Nick sort le dernier rapport d'analyse que le labo de Vancouver vient de nous faxer et le fait glisser vers Conley.

– Ce n'est pas la peine de continuer à nous faire votre numéro. Nous avons désormais la preuve absolue que c'est vous qui avez mis le feu à l'église

Eddie Conley regarde la série de chiffres alignés sur la feuille posée devant lui.

– C'est quoi ces trucs-là ?

– Un rapport d'analyse, qui prouve que l'essence contenue dans les deux cocktails Molotov que vous avez lancés contre l'église provient d'un des jerrycans que vous gardiez dans votre hangar. Un jerrycan sur lequel nous avons retrouvé vos empreintes et *uniquement* vos empreintes.

Nick fait semblant d'être déçu.

– Ce qui franchement me surprend... Parce que je croyais que vous étiez un peu moins stupide que cela...

Eddie Conley se lève d'un bond et se met à menacer Nick du mieux qu'il peut malgré ses deux mains attachées devant lui.

– Vous ne savez pas de quoi vous êtes en train de parler !!

– Vraiment ?

J'interviens comme prévu en utilisant la voix la plus calme et la plus détachée que je peux trouver. Comme si l'échange qui était en train de se dérouler devant moi ne m'intéressait que très moyennement.

— Monsieur Conley… Veuillez vous rasseoir… Mon collègue s'excuse… Il n'aurait jamais dû vous parler sur ce ton…

— Ouais… C'est facile à dire pour vous…

Il se rassoit et se cale bien contre le dossier avant de continuer.

— Vous êtes là pourquoi, exactement ? Pour le regarder m'insulter sans rien faire ?

— Non, je suis là pour vous inculper officiellement de l'incendie de l'église Saint-Joseph.

— Quoi ? ! ?

Je lui fais bien comprendre que ma décision est sans appel.

— Je suis désolée… J'imagine à ce stade que vous allez en prendre pour une bonne dizaine d'années. Voire plus.

Et pour la première fois il se met à paniquer.

— Écoutez, ce n'est pas du tout ce que vous croyez. Je vous le jure ! Ce n'est pas du tout ce que je voulais faire !

Nick reprend de suite le contrôle.

— Et qu'est-ce que vous vouliez faire, *exactement*, en balançant deux bouteilles de deux litres d'essence allumées contre les vitraux d'une église ??

— Je voulais me venger.

— Vous venger de quoi ?

— De ce que le curé venait de me faire ! Mais je ne voulais pas faire brûler l'église ! Je voulais juste l'abîmer un peu !

– L'abîmer un peu ?

J'entends Nick respirer un grand coup avant de continuer.

– Et qu'est-ce qu'un curé de petite paroisse comme le père O'Malley pouvait bien avoir fait à quelqu'un comme vous ?

– Me mettre à la rue.

Je repense à la situation financière de la paroisse Saint-Joseph et j'interviens à nouveau.

– Vous voulez dire que le terrain sur lequel vous vivez appartient à la paroisse Saint-Joseph ?

– Oui. Et devinez quoi ? Je viens de recevoir un avis d'expulsion.

– Quand ?

– Il y a trois semaines.

– Vous étiez locataire ?

Il baisse les yeux.

– Non. Pas exactement…

– Vous voulez dire que vous squattiez ce terrain ? Illégalement ?

– Si on peut appeler ça un terrain !! Vous avez vu dans quel état il est ? C'est une sorte de décharge industrielle dans laquelle il doit y avoir plus de dépôts de métaux lourds qu'autre chose. Je vois difficilement ce que le curé pourrait en faire !!

– Vous avez mis le feu à l'église Saint-Joseph pour vous venger ? Parce que le père O'Malley voulait récupérer l'usage d'un bien qui lui appartenait ?

– Ouais… C'est une façon de voir les choses… Mais c'est pas comme si je faisais quelque chose de vraiment mal. Tout le monde sait bien que les curés sont pleins aux as. Il aurait pu me laisser vivre tranquille sur mon terrain…

Je me retiens de lui dire que la paroisse Saint-Joseph était au bord de la faillite juste avant l'incendie.

– OK…

Je regarde le magnétophone posé sur la table et je fais bien attention en choisissant mes prochains mots. Parce que je suis sur le point de jouer ma dernière carte.

– Monsieur Conley…

Je fais signe à Nick de me laisser continuer sans m'interrompre.

– Est-ce que vous êtes entré dans l'église Saint-Joseph vendredi soir, juste avant d'y mettre le feu ?

Il explose de rire.

– C'est ça ? Moi dans une église ! Vous plaisantez j'espère ?

– Non.

Il me regarde droit dans les yeux.

– Aucune chance. Même bâillonné et ligoté vous n'arriveriez pas à me faire entrer dans un endroit pareil.

– Vous n'êtes pas en train de nous mentir ?

– Non.

– Parce qu'à ce stade, je peux vous assurer que tout nouveau mensonge ne peut que se solder par une peine de prison encore plus lourde.

– Non. Je vous le jure. Je ne suis pas rentré dans l'église. Je me suis dit qu'après le verdict du Phénix, le curé allait probablement se barricader à mort dedans. Et contrairement à ce que votre collègue semble penser, je ne suis pas complètement stupide. Je ne voulais pas déclencher une alarme ou me retrouver face à face avec quelqu'un d'armé jusqu'aux dents.

– C'est pour cela que vous avez choisi de mettre le feu à l'église ? Parce que vous pouviez le faire à distance ?

– Oui… Mais surtout parce que je me suis dit que tout le monde allait penser qu'il s'agissait d'un acte du Phénix. Et que je pourrais m'en sortir facile.

– Vous avez déjà eu des contacts avec les membres du Phénix ?

– Non.

– Et avec leur leader, Jonas Mitchell ?

– Non plus. Je ne pense pas qu'ils apprécieraient beaucoup mon mode de vie.

– Mais vous savez au moins à quoi ressemble la croix qu'ils utilisent pour représenter leur secte ?

– À peu près.

J'essaye de rester le plus impassible possible et je lui tends une feuille et un stylo.

– Vous pouvez nous en dessiner une ?

– De croix du Phénix ?

– Oui.

– C'est encore un de vos tests débiles pour bien vous assurer que je ne suis pas en train de vous mentir ?

Je saute de suite sur l'occasion.

– C'est exact.

Il attrape le stylo et réfléchit pendant quelques instants avant de poser la mine sur le papier.

– Ça devrait être quelque chose de ce genre... Mais je ne l'ai pas vue souvent...

Et quand il se met à dessiner une croix qui ne ressemble en rien à celle que Connie a retrouvée, de la main gauche, je comprends que nous sommes encore loin d'avoir identifié tous les protagonistes de cette affaire.

26.

BED & BREAKFAST NEW ENGLAND
4200 MAPLE CRESCENT
20:19

– Tu veux savoir quoi, exactement ?
– 1) Si le terrain sur lequel vivait Eddie Conley appartient bien à la paroisse Saint-Joseph, et 2) si on a reçu d'autres rapports d'analyse depuis tout à l'heure.
– 1) Pas de problème et 2) pile de gauche.
Je m'assois face à Keefe à la table du salon et je parcours vite la série de documents qu'il vient de me montrer, alors qu'il se met à taper sur le clavier de son ordinateur ; en notant bien les deux points principaux :
a) Que les empreintes digitales qui recouvraient le morceau de porcelaine bleue que Connie a retrouvé à l'intérieur de l'église n'appartenaient pas à quelqu'un de fiché par la police – ou à l'un des membres du Phénix fiché par la GRC, ce qui inclut bien sûr Noah Bowman. Et b) que la couche de liquide huileux était effectivement un lubrifiant. Un produit standard utilisé pour huiler engrenages et autres mécanismes de ce genre.

– Kate ?

Je repose les documents que j'avais entre les mains en entendant de nouveau la voix de Keefe.

– Le lot 105, Mamquam River, n'appartient plus à la paroisse Saint-Joseph.

– Pardon ?

– Il appartenait bien à la paroisse Saint-Joseph, mais le père O'Malley l'a vendu il y a environ six mois. C'est probablement pour cela que Conley s'est fait expulser. Parce que le nouveau propriétaire avait probablement d'autres plans en tête pour sa nouvelle acquisition que d'héberger gratuitement un mec comme lui.

– Tu sais à qui il l'a vendu ?

– Oui. Max Caulfield. 32 ans. Un entrepreneur de New York.

– On parle bien du terrain pourri sur lequel on a interpellé Conley ? Tu ne t'es pas trompé ?

– Non.

Je réfléchis vite.

– Tu peux voir si le nom de Max Caulfield apparaît sur la liste des membres du Phénix établie par la GRC il y a deux ans ?

– Tu penses que le père O'Malley a vendu une partie de sa paroisse au Phénix ??

– Pas forcément volontairement…

Il tapote de nouveau sur le clavier de son ordinateur et trouve la réponse à ma question en quelques secondes à peine.

– Maximilien Caulfield Jr... Membre du Phénix depuis plus de quatre ans...

Je le vois soudain plisser des yeux et cliquer plusieurs fois sur sa souris.

– Tu as trouvé autre chose ?
– Deux secondes...

Je résiste à l'envie de me lever et d'aller voir ce qu'il est en train de faire et j'attends patiemment.

– Merde... Tu ne devineras jamais quoi... Non seulement Max Caulfield a « légué » le terrain en question à Jonas Mitchell juste après l'avoir acheté, mais ce n'était pas le premier achat du genre qu'il faisait. Il a aussi acheté plusieurs lots adjacents et une série de terrains à l'entrée de Squamish... Et ce n'est pas tout... Six autres membres du Phénix ont récemment fait l'acquisition de biens fonciers dans la région...

Il fait pivoter son portable pour me montrer la carte du cadastre de la vallée de Squamish qu'il vient d'afficher sur l'écran.

– Tu vois les limites de la commune ?

Je hoche la tête.

– Eh bien regarde le nombre de terrains qui appartiennent aujourd'hui à Jonas Mitchell et au Phénix...

Il appuie sur une série de touches et des zones rouges se mettent à apparaître un peu partout. Comme les tumeurs d'un cancer généralisé.

– Jonas Mitchell ne plaisantait pas, quand il a dit que les flammes du Phénix avaient déjà commencé à balayer cette vallée... Sauf qu'on n'était pas du tout sur la même longueur d'ondes que lui...

Je regarde la carte, horrifiée, et je repense au fait que c'est le père O'Malley qui a vendu une partie de ces terrains au Phénix...

– Keefe, est-ce que tu peux vérifier si le nom de Jonas Mitchell apparaît quelque part sur l'acte de vente du lot 105, Mamquam River ?

– Déjà fait. Et la réponse est non. L'acte de vente fait état d'une transaction entre le père Eamon O'Malley (Squamish, Canada) et Maximilien Caulfield Jr (New York, USA). Aucune mention du Phénix ou de Jonas Mitchell.

– Ce qui veut dire que le père O'Malley pouvait le savoir à l'époque...

– ... Il a vendu un terrain à un riche entrepreneur américain et non pas au Phénix.

– Et il n'a aucun moyen de savoir à qui il l'a vraiment vendu ?

– Non. La liste des membres du Phénix établie par la GRC il y a deux ans est strictement confidentielle. Même le shérif n'aurait pas pu y avoir accès.

Il continue, comme s'il pouvait lire mes pensées.

– Et, Kate, inutile de te rappeler que tu ne peux en aucune façon lui dire à qui il a réellement vendu son terrain.

– Je sais...

Je pose de nouveau le regard sur la feuille d'analyse posée devant moi, écœurée par ce que Keefe vient de découvrir, quand deux mots me sautent soudain aux yeux.

« Verrous » et « roulement à billes ».

En plein milieu de la liste détaillée des utilisations possibles pour le lubrifiant retrouvé sur le petit éclat de porcelaine bleue.

J'attrape mon portable et je compose vite le numéro de Connie.

– Connie ? C'est Kate. Tu es toujours sur le terrain de Conley ?

– Oui.

– Écoute, j'ai besoin que tu répondes à une question pour nous…

– Vas-y.

– Est-ce qu'il est possible que la croix que tu as retrouvée sur le mur de l'église ne date pas d'hier soir, comme on le pensait, mais d'il y a bien plus longtemps ?

– Comme ?

– Deux ou trois semaines.

– Possible…

– Est-ce qu'il est aussi possible que le motif ait été aussi difficile à voir, non pas parce qu'il a été endommagé par les flammes et la fumée de l'incendie, mais parce qu'il a été lavé, nettoyé, *avant* que l'église ne prenne feu ? Plusieurs semaines avant…

– Également possible.

Elle hésite.

– Tu veux en venir où ?
– Je n'en suis pas encore sûre. Mais je crois savoir pourquoi le père O'Malley nous a menti...

27.

**ÉGLISE SAINT-JOSEPH
2449 HIGHLANDS WAY
21:03**

Je m'avance vers le père O'Malley, debout au milieu des piles de débris qui jonchent le sol de son église, et je plonge les mains dans les poches de ma veste en sentant, comme hier, l'atmosphère de cet endroit m'affecter de façon physique.

– Monsieur O'Malley...

Il se retourne et me sourit en me voyant m'approcher de lui.

– Agent Kovacs...

Je remarque la croix du Christ de nouveau accrochée sur le mur derrière lui.

– J'ai entendu que vous veniez d'arrêter et d'inculper la personne qui a mis le feu à mon église ?

– C'est exact.

– Et qu'elle n'a rien à voir avec le Phénix ?

– Toujours exact.

Il a l'air à la fois déçu et soulagé.

– Merci pour tous vos efforts et ceux de votre équipe. Vraiment... Je pense que je peux parler au nom de cette communauté et vous dire que nous apprécions tout ce que vous avez fait pour nous.

– De rien.

Il me montre ses mains couvertes de suie et de poussière.

– J'ai bien peur d'avoir à sauter l'épisode poignée de mains et salutations…

Je souris à mon tour et je balaie du regard le décor de fin du monde qui nous entoure.

– Vous pensez que la structure du bâtiment pourra être sauvée ?

– Vous n'avez pas lu le rapport préliminaire des experts ?

– Non. Pas encore.

– Ils pensent que nous pourrons restaurer l'église en gardant l'essentiel de sa structure intacte.

– Excellente nouvelle.

– Vous le pensez vraiment ?

Je suis un peu surprise par sa question.

– Oui. Pourquoi ?

– Je pensais que ce genre de bâtiment n'avait aucune signification particulière pour vous…

– Je n'ai jamais dit ça.

Il sourit à nouveau et je remarque pour la première fois que la zone de l'autel qui me fait face a presque entièrement été déblayée.

– Je vois que vous n'avez pas perdu votre temps…

– Non. Nous nous sommes mis à la tâche dès que votre équipe nous a donné le feu vert. Plusieurs de mes paroissiens m'ont aidé. Je viens juste de leur dire de rentrer chez eux. J'avais un peu peur qu'ils respirent trop longuement l'atmosphère de cet endroit…

Je réalise que malgré toutes nos différences, le père O'Malley et moi avons aussi plusieurs points en commun. Ce qui ne rend que plus difficile ce que je m'apprête à faire.

– Monsieur O'Malley… J'ai besoin de vous parler de ce qui s'est passé il y a deux semaines.

Il hésite.

– Qu'est-ce que vous voulez dire par là ?

Je fixe du regard l'endroit où Connie a retrouvé la croix du Phénix hier soir et le prêtre s'avoue de suite vaincu.

– Vous l'avez retrouvée comment ?

– Grâce à une lampe à UV…

Il baisse la tête et j'hésite à mon tour.

– Monsieur O'Malley… J'aurais besoin de parler à la personne qui l'a peinte.

Il reste un long moment sans rien faire et quand il relève enfin les yeux, je suis surprise par le mélange d'angoisse et de déception qu'il y a dedans.

– Vous savez qui c'est ?

– Oui.

– Et vous réalisez bien ce que vous êtes en train de faire ?

– Oui.

Il me regarde fixement comme s'il pouvait soudain lire mes pensées.

– Non. Je ne crois pas.

Je le vois baisser de nouveau la tête et je décide d'adopter la tactique la plus directe possible.

– Écoutez… Je n'ai aucune intention d'inculper cette personne de quoi que ce soit. Autant que je le sache, vous n'avez jamais porté plainte contre lui et les dégâts étaient mineurs. Et comme votre église est un lieu privé, légalement, c'est tout ce qui compte.

Il a l'air choqué par ce que je viens de dire.

– Vous êtes en train de me tendre un piège ?

– Non. Je serai bien sûr obligée de mentionner l'incident dans mon rapport, mais je ferai de mon mieux pour que cet épisode reste le plus confidentiel possible. Mais j'ai besoin de savoir ce qui s'est exactement passé il y a deux semaines. Pour bien m'assurer que nous ne sommes pas passés à côté de quelque chose et pouvoir boucler cette enquête de façon officielle.

Il hésite.

– Est-ce que je peux alors vous demander une toute dernière faveur ?

– Tout dépend…

Je n'ai aucune idée où il veut en venir.

– Je préférerais qu'il vous le dise lui-même.

– Pardon ?

– Je crois que cela compterait beaucoup plus pour lui s'il pouvait tout vous avouer directement.

– Vous êtes sûr qu'il acceptera de me parler ?

– Oui. Faites-moi confiance…

– Vous savez où il est ?
– Juste à côté. Dans le cimetière. C'est là qu'il passe l'essentiel de son temps quand il vient me voir.

Je repense à la série de tragédies humaines qui semblent avoir ponctué chaque étape de cette enquête et je décide d'accepter sa proposition. Pour essayer à mon tour de ne pas aggraver une situation déjà assez difficile.

– OK.
– Merci.

Il se baisse et attrape un éclat de vitrail posé à ses pieds.

– Je sais que vous ne lui trouverez rien d'exceptionnel, mais gardez-le quand même…

Il me tend le petit bout de verre multicolore.

– … Ne serait-ce que parce qu'il a plus de cent ans et qu'il représente tout ce dont la nature humaine est capable… Du pire, mais aussi du meilleur… Quelque chose qu'il est probablement plus facile de perdre de vue dans votre métier que dans le mien…

– Merci.

J'attrape le petit bout de verre et je le regarde pendant un long moment sans rien dire. Comme pour me donner du courage avant d'aller affronter ce qui m'attend dehors.

28.

CIMETIÈRE SAINT-JOSEPH
2449 HIGHLANDS WAY
21:18

Je pousse le portail du petit cimetière et je m'avance vers la silhouette qui m'attend à quelques mètres de là...

Assise sur le rebord d'une des tombes...

La silhouette de Dominic West.

– Dominic ?

L'adolescent relève la tête en entendant le son de ma voix et me regarde approcher sans bouger. Les yeux brillants dans la lumière des deux lampadaires qui montent la garde derrière nous. Le corps tellement tendu qu'il donne l'impression d'être secoué par de violentes décharges électriques.

– Je peux te parler ?

Il hoche la tête et je m'assois à côté de lui ; maintenant capable de sentir physiquement la tension qui émane de son corps.

– Vous êtes venue m'arrêter ?

– Non.

Il me regarde droit dans les yeux.
— Non ?
— Non. Mais nous savons que c'est bien toi qui as peint la croix à l'intérieur de l'église.
— Oh...

Il baisse la tête et attrape une poignée de gravier sur le sol qu'il se met à faire glisser entre ses doigts, comme s'il s'agissait de gros grains de sable.
— C'est le père O'Malley qui vous l'a dit ?
— Non. Au contraire... Cela fait deux jours qu'il fait tout pour te protéger et, grâce à ses efforts et à ceux de plusieurs autres personnes dans cette ville, nous avons failli complètement passer à côté de ce qui s'était passé... Et accuser injustement l'homme qui a mis le feu à l'église de l'acte de vandalisme dont tu étais responsable...
— Je suis désolé, vraiment désolé... Je ne sais pas quoi vous dire d'autre... Ce n'est pas du tout ce que je voulais faire... Vous avez ma parole...

Je le regarde à mon tour droit dans les yeux.
— Dominic... J'ai besoin de savoir ce qui s'est passé il y a deux semaines...
— Et si je vous le dis, vous allez m'inculper de vandalisme ?
— Non.
— Pourquoi ?
— Parce que l'église Saint-Joseph est un lieu privé et que le père O'Malley n'a jamais porté plainte contre

toi. À ce stade, c'est un peu comme si tu avais causé des dégâts dans le domicile de tes parents, ou dans celui de quelqu'un que tu connais bien, et qu'ils avaient décidé de ne pas porter plainte contre toi. Légalement, je pourrais inculper sans problème le père O'Malley d'entrave à la justice pour nous avoir caché ce qui s'est passé – ce que j'ai choisi de ne pas faire – mais c'est tout. Ce qui ne veut pas dire que ce que tu as fait n'est pas un acte répréhensible. Loin de là. Profaner un lieu de culte est non seulement un acte criminel majeur, mais aussi l'un des actes criminels les plus haineux qui soit.

– Je sais… Vous n'avez pas besoin de me le rappeler… Croyez-moi, je sais à quel point ce que j'ai fait est monstrueux… Mais je n'ai jamais voulu profaner quoi que ce soit… Vous avez ma parole… C'est juste que je ne savais plus trop quoi faire d'autre…

– Tu veux me dire ce qui s'est passé ?

Il hésite.

– Oui. Mais uniquement si vous me promettez quelque chose avant…

– Quoi ?

– De ne pas en parler à ma mère… De ne rien lui dire jusqu'à… Vous savez…

Je n'hésite même pas.

– Tu as ma parole.

Puis je pose les coudes sur les genoux et j'attends qu'il se lance ; les yeux fixés sur la couche de gravier qui s'étend à mes pieds pour essayer d'oublier la vision des centaines de pierres tombales qui nous entourent.

– C'était le soir du verdict du Phénix, celui où on pensait que la secte allait se faire expulser pour de bon de la vallée… Cela faisait des mois et des mois que mon père ne parlait que de ça, qu'il préparait les papiers, qu'il passait toutes ses soirées à travailler dessus. Il était tellement sûr que c'était le jour qui allait marquer la fin du Phénix… Le jour qui allait mettre fin une bonne fois pour toutes aux activités de Jonas Mitchell… Et j'ai passé ma journée au bahut à ne penser qu'à ça… Je pouvais déjà nous imaginer célébrer la chose en famille, voir mon père détendu pour la première fois depuis deux ans… Mais à la place, quand je suis rentré, c'était l'horreur. Ma mère était malade – je veux dire encore plus malade que d'habitude – et mon père était fou de rage… Il disait que la GRC n'avait pas fait son boulot, que le juge n'avait pas fait son boulot et que si ça avait été lui, il aurait su comment faire parler Jonas Mitchell et ses disciples… Bref, il en voulait à la planète entière… Et quand j'ai entendu ce qu'avait déclaré Jonas Mitchell juste après, j'ai compris que tout allait continuer à être exactement comme avant. Voire pire. Alors j'ai dit à mes parents que j'avais un exposé à faire avec Mateo et que je dormirais probablement chez lui après. Et je suis sorti prendre l'air.

– Sauf que tu n'es pas allé directement chez les Fowler.

– Non.
– Je suis d'abord allé dans le garage pour récupérer mon skate-board... Et c'est là que tout a dérapé... Que j'ai soudain eu l'idée... En voyant...

Il s'arrête net et change vite de sujet.

– Bref, j'ai récupéré mon skate-board comme prévu et j'ai aussi emporté avec moi une torche électrique et une des bombes aérosols que mon père avait dans le garage.

– Une bombe de peinture ?
– Oui.
– De quelle couleur ?
– Dorée... Je savais que ce n'était pas forcément la meilleure couleur à utiliser mais c'était de la peinture non permanente... Et je me suis dit que c'était probablement le meilleur moyen de m'assurer que l'église pourrait ensuite redevenir comme avant. Et je suis parti.

– Tu as quitté la maison vers quelle heure ?
– 21:00-21:30.
– Et tu es allé directement à l'église après ça ?
– Non. Je suis d'abord allé sur le terrain vague. Pour bien m'assurer qu'il n'y avait personne à l'intérieur du bâtiment.

– Et tu es resté sur le terrain vague pendant combien de temps ?
– Environ une demi-heure.
– Tu penses que quelqu'un t'a vu pendant que tu étais là-bas ?

– Oui... Mais je préférerais ne pas en parler... S'il vous plaît...

Je vois que la loyauté que le sergent Cortez a eue à son égard est réciproque, et je lui fais signe de continuer sans insister.

– Bref, j'ai attendu un bon moment, et vers les 22:00, je suis rentré dans l'église. Par la porte de derrière.

– Tu avais les clés ?

– Oui. Le père O'Malley m'a donné un double de toutes ses clés, il y a plusieurs mois. Au cas où j'aurais besoin d'un endroit pour m'isoler, pour faire le point...

– Et ?

– Je suis passé à l'acte. J'ai traversé l'église en essayant de faire le moins de bruit possible et j'ai peint une croix du Phénix sur le mur de l'autel. Sans complètement réaliser ce que j'étais en train de faire... Comme si j'étais possédé... Et c'est là que tout a dégénéré...

Les tremblements qui secouent son corps s'intensifient et je vois son regard se voiler.

De peur.

De regret.

De tout un tas de choses qu'un adolescent de 15 ans ne devrait jamais avoir à gérer.

– Qu'est-ce qui s'est ensuite passé ?

– J'ai soudain entendu quelque chose... Un bruit violent... Quelque chose qui a dû se passer à l'extérieur… Et j'ai complètement paniqué. Je me suis mis à courir vers la porte d'entrée… Comme un malade, et c'est là que j'ai fait un truc encore pire que ce que je venais de faire…

Je ne comprends pas ce qu'il veut dire par là.

– Qu'est-ce que tu as fait ?

– J'ai… J'ai renversé une statue… Par accident… Une statue de la Vierge Marie. Et elle s'est cassée. Elle a littéralement explosé en mille morceaux en tombant sur le sol… Et c'est là que le père O'Malley m'a vu.

– Tu penses qu'il t'a entendu faire tomber la statue ?

– Non. Je crois qu'il a entendu le même bruit que moi… Mais je ne suis pas sûr. Je ne lui ai jamais posé la question.

Visiblement le père O'Malley n'a jamais dit à Dominic West qu'il avait déclenché une alarme ce soir-là en entrant dans le bâtiment.

– Qu'est-ce que le père O'Malley a fait quand il t'a vu ?

– Il m'a dit de rester calme et de ne pas m'inquiéter. Il m'a dit que je n'aurais jamais dû faire une chose pareille mais qu'il comprenait la raison qui m'avait poussé à le faire. Et il m'a dit de l'aider à tout nettoyer… De commencer à ramasser les morceaux de la statue pendant qu'il allait chercher de l'eau et du savon pour essayer d'effacer la croix sur le mur… Et nous avons passé une bonne heure à tout remettre en ordre…

– Et c'est tout ?

– Oui. Il m'a dit qu'il n'en parlerait à personne et il m'a fait jurer de ne jamais refaire quelque chose comme ça… Pas juste promettre, *jurer*. Et je l'ai fait de suite. Puis on a parlé pendant un long moment, et je suis rentré chez les Fowler.

– Tu as raconté à Mateo ce qui s'était passé ?

– Non. Je n'en ai parlé à personne… Et je croyais vraiment que personne ne l'apprendrait jamais… Jusqu'à ce que l'église se mette à brûler…

– Tu as cru qu'on allait te soupçonner d'avoir mis le feu à l'église ?

– Oui. Je me suis dit que j'avais dû laisser des tonnes d'empreintes à travers le bâtiment et que vous alliez probablement retrouver des traces de la croix et de la statue qui était tombée… Et j'ai essayé de tout vous avouer… De vous dire ce que j'avais fait pour que vous ne me mettiez pas sur votre liste de suspects…

– Quand ?

– Hier soir, alors que vous rentriez au Bed & Breakfast. Je savais que c'était là que vous étiez basée avec votre équipe et je vous ai attendue à l'angle de la rue. Mais quand je vous ai vue arriver, j'ai pris peur et je suis parti en courant. Et voilà, c'est tout. Je vous ai tout dit.

Je me force à le faire revenir sur ce qui s'est passé dans le garage il y a deux semaines. Sur le déclic qui lui a donné l'idée d'inventer une preuve contre Jonas Mitchell et les membres de sa secte pour qu'ils puissent être enfin inculpés de quelque chose.

– Dominic... Tu te souviens de ce que tu m'as dit tout à l'heure ? Que quelque chose s'était passé dans le garage, et que c'est là que les choses avaient « dérapé »... Tu peux me dire de quoi il s'agissait ?
– De rien.

Il écrase une poignée de gravier avec la main. Avec tellement de force que je peux voir les articulations de ses doigts se mettre à blanchir.

– J'ai juste vu un truc alors que j'étais en train de huiler les roues de mon skate-board. Mais ce n'était rien d'important.

– Dominic, tu peux me faire confiance. Je te promets de n'en parler à personne...

– Non.

– Tu en as parlé au père O'Malley ?

– Non.

– À Mateo ?

– Non plus.

– Pourquoi ?

– Parce que c'est personnel.

Je repense à ma propre réticence quand Nick a essayé de me faire parler après mon entretien avec Jonas Mitchell et je change d'approche.

– Je peux te dire quelque chose de personnel, Dominic ?

Il me regarde.

Intrigué.

– Si vous voulez...

Je laisse un long blanc avant d'enchaîner.

– Écoute… Je comprends bien qu'il y ait des choses dont tu ne veuilles pas parler. Surtout en ce moment… Mais peu importe ce qui s'est passé dans le garage, il faut que tu en parles à quelqu'un. Pas forcément à moi. Mais à quelqu'un. Parce que ce n'était pas « rien », comme tu viens de me le dire. Parce que si cela avait été rien, tu ne serais *jamais* allé peindre une croix du Phénix sur le mur de l'église Saint-Joseph. C'était forcément quelque chose d'assez important pour te convaincre d'aller vandaliser un lieu que tu respectais. Et fais-moi confiance… Il est beaucoup plus difficile de garder un secret que d'en parler à quelqu'un.

Il hésite.

– Je peux vous assurer que si je vous dis ce qui s'est passé, ce soir-là dans le garage, vous allez trouver ça complètement stupide.

– J'en doute.

Il me regarde droit dans les yeux et se décide enfin.

– Ce que j'ai vu dans le garage il y a deux semaines, c'était le carton des affaires de Noël de ma famille. Celui dans lequel on range chaque année toutes les décorations que ma mère aime accrocher à travers la maison. Et, en le voyant, j'ai brusquement réalisé qu'elle ne serait probablement pas là pour le prochain.

Il baisse les yeux.

– Je l'ai vu, posé juste devant moi, au même endroit où il a toujours été… À part que ce soir-là, ça a été comme un choc… C'était comme si soudain je venais de réaliser ce qui allait se passer… Pour la première fois.

Il se met à pleurer et j'ai du mal à ne pas faire de même.

– Alors je l'ai ouvert… J'ai regardé ce qu'il y avait à l'intérieur et j'ai repensé à tout ce qu'on avait l'habitude de faire ensemble… À toutes les soirées qu'on avait passées autour de la cheminée, du sapin… Et j'ai soudain compris que plus rien ne serait jamais comme avant. Pas juste que ma mère allait mourir, mais que ma vie ne serait plus jamais la même. Que j'allais tout perdre d'un coup. Elle. Mon père. Et tous les souvenirs que j'avais depuis quinze ans. Parce que tout ce que j'ai fait jusqu'à présent serait pour toujours lié à elle… Je n'aurais plus jamais un Noël, sans penser à elle. Plus jamais une conversation avec mon père, sans penser à elle. Plus jamais un moment dans cette ville, sans penser à elle… Et en voyant une des bombes de peinture qu'il y avait à l'intérieur du carton, tout a cliqué. Je me suis dit que si le mec du Phénix était enfin derrière les barreaux, mon père redeviendrait peut-être comme avant. Qu'on arriverait peut-être à avoir encore quelques moments en famille ensemble… Et je me suis dit que c'était probablement la dernière chose que je pouvais faire pour ma mère… Et après ça, je n'ai plus hésité.

Il s'arrête et en le voyant trembler des pieds à la tête, je décide de mettre un point final à cette affaire.

Je pose une main sur son genou et je me lève.

– Allez. Viens. Je vais te ramener chez toi.

Il essuie les larmes qui coulent sur son visage avec le dos de la main et se lève à son tour.

– J'imagine que tes parents ne t'ont pas vu depuis des heures et des heures… Et je ne voudrais pas qu'ils s'inquiètent.

– Vous ne leur avez rien dit, au moins ?

– Non. Autant que je le sache, ils pensent que tu es en train d'aider le père O'Malley, c'est bien ça ?

– Oui.

Il se lève à son tour et jette un long regard sur la pierre tombale au pied de laquelle nous étions assis. Et quand je vois les deux noms gravés dessus – Elizabeth Reid, née Gibson (1918-2001) et Dominic Reid (1911-1994) – j'ose à peine lui poser la question qui s'impose.

– C'est la tombe de tes grands-parents ?

– Oui.

Il secoue la tête.

– C'est aussi celle dans laquelle ma mère veut être enterrée. C'est pour cela que je viens souvent ici. Pour essayer de m'y préparer…

Je reste un long moment sans rien dire. Incapable de trouver le moindre mot qui pourrait lui apporter un semblant de réconfort et, en le voyant hésiter, je comprends qu'il est sur le point de me poser une question qu'il n'a probablement jamais osé poser à qui que ce soit, et je me blinde au maximum.

– Je peux vous poser une question personnelle ?
J'essaie de rester la plus détachée possible.
– Oui… Vas-y…
Il fait une longue pause avant d'enchaîner.
– Vous avez déjà vu mourir quelqu'un ?
C'est de loin la pire question qu'il pouvait me poser.
– Oui.
– Je veux dire, pas juste « quelqu'un »… Quelqu'un que vous aimiez… Quelqu'un que vous connaissiez bien…
– Oui.
– Et c'est comment ?
Je serre les dents pour ne pas lui montrer à quel point sa question m'affecte et je me force à être la plus honnête avec lui.
– C'est impossible à décrire… Je suis désolée… Même si j'essayais, je ne pourrais pas…
Il me faut faire des efforts pour continuer.
– … Mais la seule chose que je peux te dire, pour sûr, c'est que dans toute l'injustice de ce qui est en train d'arriver à ta famille, tu as l'opportunité de dire adieu à ta mère. De le faire correctement. De profiter au maximum de tout le temps qu'il vous reste ensemble. Et après ça, d'essayer de mener ta vie d'adulte du mieux que tu peux. En te souvenant bien que la vie des gens qui nous entourent est la chose la plus importante et la plus fragile qui soit. Ce qui est quelque chose dont beaucoup de gens n'ont malheureusement pas conscience…

Je plonge la main dans la poche intérieure de ma veste et je sors une de mes cartes de visite sur laquelle j'écris vite mes deux numéros perso. Portable et maison.

– Écoute… Je sais que les semaines et les mois à venir ne vont pas être faciles pour toi et pour ton père. Et je sais aussi que les Fowler te considèrent comme un de leurs propres enfants et que le père O'Malley – qui était prêt à aller en prison pour ne pas avoir à révéler ton identité – sera toujours là pour t'aider et t'écouter si tu en as besoin. Mais si jamais tu as besoin de parler à quelqu'un d'autre, n'hésite pas…

Je lui tends ma carte.

– Tu peux m'appeler quand tu veux… Jour ou nuit. Promis ?

– Promis.

Il attrape le petit bout de carton blanc et le regarde fixement.

– Merci.

Et pour la première fois depuis le début de cette enquête, j'ai enfin l'impression d'avoir réussi à boucler un cercle. En venant de faire avec Dominic West ce que John Stanford et Mme Brunswick ont aussi fait avec moi. En lui donnant un petit bout de mon humanité.

29.

**BED & BREAKFAST NEW ENGLAND
4200 MAPLE CRESCENT
22:27**

Je vérifie une dernière fois que je n'ai rien oublié dans ma chambre et je fais glisser les lanières de mon sac sur mon épaule. À la fois soulagée d'avoir pu identifier aussi rapidement la personne responsable de l'incendie, et perturbée par la masse de tragédies humaines que je m'apprête à laisser derrière moi.

Je place le petit mot de remerciement que je viens d'écrire à Mme Brunswick, bien en évidence sur la table de chevet, et en croisant mon reflet dans le miroir du couloir, je me promets d'essayer de dormir plus que quelques heures cette nuit.

Puis je descends l'escalier du B & B et je rejoins les trois membres de mon équipe sur le pas de la porte, déjà en train d'échanger au revoir et remerciements avec la personne qui nous a hébergés pendant deux jours.

—Prête ?

Je souris en voyant Nick taper plusieurs fois sur l'écran de sa montre avec son pouce pour bien me faire comprendre qu'il aimerait rentrer au plus vite à Vancouver, et Keefe offrir à la cantonade les trousseaux de clés des deux jeeps.

– Qui veut conduire ?

J'attrape sans hésiter l'un des deux trousseaux en voyant à quel point Connie et Nick ont l'air crevés, et je remercie une toute dernière fois Mme Brunswick pour son hospitalité.

Et alors que je m'apprête à déposer mes affaires à l'intérieur d'un des deux véhicules, je sens la main de la vieille dame se poser sur mon avant-bras et je l'entends me murmurer à l'oreille de bien faire attention à moi. Et je ne sais pas si c'est le contact de ses doigts sur ma peau ou la lumière argentée de pleine lune qui nous entoure, mais je réalise soudain que j'ai complètement raté quelque chose.

Un détail apparemment insignifiant mais auquel j'aurais dû faire beaucoup plus attention.

Je fais vite face aux membres de mon équipe et j'essaie de cacher au mieux la fébrilité que je ressens.

– Vous pouvez rentrer tous les trois ensemble ?

Nick est le premier à réagir.

– Pourquoi ?

– Parce qu'il y a une dernière chose que j'aimerais vérifier avant de rentrer... Juste un détail... On se retrouve demain au bureau ?

Et avant qu'ils aient le temps de faire quoi que ce soit, je me dirige vers l'une des deux jeeps pour ne pas avoir à répondre aux questions que je peux lire dans leurs regards.

Je descends la rue et je me gare sur le premier parking que je peux trouver, en l'occurrence celui d'un hangar industriel coincé entre voie ferrée et rivière, à la sortie de la ville. Un endroit probablement aussi sordide de jour qu'il l'est de nuit.

Puis je coupe le moteur et j'hésite pendant un long moment avant d'attraper le PowerBook posé à côté de moi. Partagée entre l'envie de savoir si j'ai effectivement raison et celle de respecter la vie privée d'une famille déjà suffisamment affectée par les événements de ces deux dernières années.

Je pose la main sur le sac...

Je regarde la silhouette du mont Garibaldi se découper sur la ligne d'horizon...

Je sens les vibrations d'un train qui approche...

Et je me décide.

J'attrape le portable et je l'ouvre sur mes genoux, le visage et les mains maintenant baignés dans un étrange mélange de lumière bleu électrique et de reflets de lune gris argent.

Je fais glisser le CD que Keefe m'a donné sur la route hier matin dans le lecteur du Mac et je clique sur l'icône « Dossier Phénix – Rapport GRC ». Tellement sûre de ce que je vais y trouver que je me demande comment j'ai pu rater un truc pareil pendant plus de deux jours.

Je regarde le dossier s'ouvrir et je sélectionne sans hésiter la section « Rapports ADN ». Puis je fais défiler la longue liste des noms des membres du Phénix et j'en sélectionne deux en même temps.

Et il ne me faut que quelques minutes pour comparer les deux rapports d'analyse d'ADN maintenant affichés devant moi. Et confirmer ce que j'avais déjà deviné : que Noah Bowman est le fils de Jonas Mitchell.

30.

MAISON DE CHRISTINE BOWMAN
MASHITER CREEK
23:38

Je m'assois face à Christine Bowman dans son salon et je regarde tout autour de moi pour voir si cette pièce contenait d'autres indices que j'aurais dû remarquer. Mais dans la lumière tamisée des deux lampes posées près du sofa, je ne peux voir clairement que les quelques mètres qui m'entourent.

– Vous m'avez dit que vous vouliez me parler de quelque chose d'important. De quoi s'agit-il ?

Je réalise que le coup de téléphone que je viens de lui passer a dû l'affecter beaucoup plus que je ne le pensais.

– S'il vous plaît, dites-moi que vous ne continuez pas à penser que mon fils a quelque chose à voir avec l'incendie de l'église…

– Non.

Je crois que je n'ai jamais été aussi soulagée de pouvoir dire catégoriquement non à quelqu'un.

– Mais j'ai découvert quelque chose d'autre sur lui. Par accident. Qui pourrait avoir un impact sur la déclaration qu'il a faite sur l'incendie d'il y a deux ans.

Elle me regarde droit dans les yeux et il ne lui faut que quelques secondes pour comprendre de quoi il s'agit.

– C'est lui qui vous l'a dit ?

– Non.

Je me retourne et je lui montre la série de tableaux accrochés sur les murs de la pièce. Encore plus étranges vus à travers le filtre de la pénombre qui nous sépare d'eux.

– Jonas Mitchell en a gardé un. Il est affiché bien en évidence au-dessus de son bureau.

Elle baisse les yeux.

– Je ne le savais pas… Je n'ai jamais mis les pieds là-bas..

Je lui laisse quelques instants pour se reprendre et je continue.

– Vous l'avez vu quand, pour la dernière fois ?

– Prenez l'âge de Noah et enlevez trois mois.

– C'est vous qui êtes partie ?

– Oui. Quand j'ai découvert que j'étais enceinte, nous n'étions ensemble que depuis quelques mois. Je faisais partie d'une des communautés New Age qu'il a fondées au sud des États-Unis. C'était il y a bien longtemps… Tellement longtemps que j'ai aujourd'hui l'impression que cette période de ma vie n'a jamais existé…

– Pourquoi êtes-vous partie, si ce n'est pas indiscret ?

– Parce que Jonas a commencé à parler de choses qui m'ont fait peur.

– Comme ?

– Le fait que notre enfant – surtout si c'était un garçon – serait son dauphin… Lui permettrait de préparer un cycle de « renouveau » supplémentaire… Qu'il serait le meilleur moyen de prouver ses théories… Ce genre de choses…

– Et vous avez réussi à complètement couper les ponts avec lui ?

– Oui. J'ai changé de pays. J'ai rencontré un autre homme et je me suis mariée. Bref, j'ai refait ma vie. J'ai même cru pendant un long moment que j'avais réussi pour de bon à effacer ce chapitre… Jusqu'à ce que le Phénix vienne s'installer à Squamish…

– Vous pensez que Jonas Mitchell savait que vous habitiez ici ?

– Oui. Je n'en ai pas la preuve, mais je sais qu'il a accès à des informations classées confidentielles. Ne me demandez pas comment, je n'en sais rien. Mais je ne crois pas un instant qu'il ait choisi de baser le quartier général de sa secte à quelques kilomètres à peine de chez moi par accident.

– Et vous êtes restée ici malgré cela ? Vous n'avez pas pensé à déménager ?

– Non. Je ne voulais pas me faire intimider. Ce qui est plutôt ironique quand on considère ce qui s'est passé ensuite…

– Est-ce que Noah savait que Jonas Mitchell était son père, quand il a rejoint les rangs du Phénix ?

Elle hésite avant de me répondre.

– Oui. Et c'est pour cela que tout est de ma faute, parce que j'ai décidé de lui dire... Je voulais le prévenir, lui dire que Jonas risquerait de chercher à entrer en contact avec lui, que c'était quelqu'un de dangereux. Mais la seule chose que j'ai réussi à faire, c'est le contraire... À le faire tomber encore plus facilement entre les griffes de Jonas. Parce qu'à partir de ce moment-là, Noah n'a plus eu qu'une envie : rencontrer son père et en savoir plus sur lui. Et c'est en commençant à s'intéresser aux théories du Phénix qu'il a rencontré Celina et que tout s'est mis à déraper...

Je me force à lui poser ma prochaine question.

– Vous pensez que Jonas Mitchell a quoi que ce soit à voir avec ce qui est arrivé à Noah et à sa petite amie ?

Elle me regarde sans rien dire pendant un long moment... Comme si elle voulait s'assurer que je ne trahirai pas la confiance qu'elle est sur le point de m'accorder.

– Oui et non.

J'attends qu'elle continue.

– Oui parce que c'est à cause de ses théories hallucinantes sur la douleur, le manque de sommeil ou le jeûne que Noah et Celina se sont retrouvés dans une situation pareille. Non parce que je crois que les enquêteurs avaient raison, que le feu s'est bien déclaré de façon accidentelle.

– Pourquoi ?

– Parce que je crois que Noah aimait trop Celina pour mentir sur ce qui lui était arrivé. Même pour couvrir son père. Je crois que Jonas n'est rien de plus dans cette affaire que le vendeur d'armes qui permet à une personne, confuse mais majeure, d'avoir accès à un fusil. Qu'il n'a fait que faciliter la tragédie d'il y a deux ans. Et malgré toute la haine que j'ai pour lui et pour la façon dont il a détruit ma famille, je sais aussi que légalement, il ne pourra jamais être reconnu responsable de l'incendie du Phénix. C'est pour cela que j'ai accepté de vous parler hier... Parce que j'espérais vraiment que vous pourriez le coincer pour celui de Saint-Joseph. Mettre fin une bonne fois pour toutes aux activités de sa secte et donner une chance aux dizaines de jeunes encore sous son contrôle de retrouver une vie normale.

Je n'hésite même pas à lui donner mon opinion personnelle. Quelque chose que je fais rarement pendant une enquête.

– Moi aussi.

Je lève les yeux, et en voyant l'intimité de ce moment visible même dans le reflet qu'il est en train de laisser sur la baie vitrée du salon, je tente une toute dernière question.

– Vous pensez que je pourrais reparler à Noah ?

Elle hésite.

– Pourquoi ?

– Parce que je crois qu'il se sent responsable de ce qui est arrivé à Celina, et ce malgré tous les efforts qu'il a faits pour tenter de la sauver… Et que j'aimerais pouvoir essayer de le rassurer une dernière fois…

Je décide d'être honnête avec elle.

– Ça, et parce que j'aimerais lui demander s'il a menti ou non, il y a deux ans, pour couvrir son père.

Elle baisse les yeux. Soudain gênée.

– Vous vous souvenez quand vous m'avez demandé hier soir si Noah sortait de son sous-sol ?

Je hoche la tête.

– Et que je vous ai répondu qu'il n'en sortait jamais ?

– Oui.

– Eh bien je vous ai menti. Il ne reste pas toujours enfermé. C'est faux.

Elle fait une petite pause avant d'enchaîner.

– Il sort. Tous les soirs. Toujours au même endroit. De minuit jusqu'à l'aube. Mais j'avais trop peur de vous le dire parce que cela correspondait exactement à la période pendant laquelle le feu s'est déclaré dans l'église.

– Vous savez que vous auriez pu vous retrouver inculpée d'entrave à une enquête judiciaire ?

– Oui. Mais il s'agit de mon fils. Et je pense qu'il a assez souffert comme ça, sans en plus se retrouver accusé d'un crime qu'il n'a pas commis.

– Vous savez donc où il se trouvait vendredi soir, le soir de l'incendie ?
– Oui.
Je regarde vite ma montre.
– C'est là qu'il se trouve actuellement ?
– Oui.
Elle hésite à nouveau avant d'enchaîner.
– Et si voulez, je peux vous y amener... Parce que je ne sais pas pourquoi, mais j'ai l'impression que vous arrivez à le comprendre... Que vous n'avez pas peur de rentrer dans son univers... Et à ce stade, c'est peut-être ce dont il a le plus besoin. De quelqu'un capable de lui prouver qu'il n'est pas tout seul sur cette planète.

31.

LUNDI 30 SEPTEMBRE

**FORÊT DE BRACKENDALE
EAGLE RESERVE
00:16**

Je m'adosse contre la portière de la jeep et je fixe la scène en train de se jouer devant moi. Christine Bowman, accroupie au pied d'un des immenses sapins qui forment la forêt de Brackendale – une réserve naturelle à moins de dix minutes de chez elle – en train de parler à son fils, assis contre l'un des troncs d'arbres qui le cachent presque entièrement de ma vue.

Une scène étrange, émouvante, rendue encore plus irréelle par l'atmosphère de sous-bois dans laquelle elle se déroule.

J'attends plusieurs minutes avant de voir Christine Bowman se redresser enfin et me faire signe que tout est OK, que Noah a accepté de me parler. Puis elle remonte à bord de la jeep pour nous laisser un maximum d'intimité, et je m'avance vers son fils. Tellement concentrée sur ce que je m'apprête à lui dire que je peux ressentir tout ce qui m'entoure avec une intensité quasi surnaturelle.

Le son de mes pas qui s'enfoncent dans l'épaisse couche de feuilles mortes... La texture des gouttes d'humidité suspendue dans l'atmosphère... L'odeur de l'automne qui a déjà commencé à faire son travail...

Et alors que je ne suis plus qu'à quelques centimètres de l'arbre contre lequel s'est assis Noah Bowman, je ralentis le pas et je commence à m'accroupir pour être déjà à son niveau quand je vais entrer dans son champ de vision. Un peu comme on s'assoit par terre pour jouer avec un enfant et entrer plus facilement dans son monde.

– Je peux ?

Je tends le bras vers une souche d'arbre à environ un mètre de lui, toujours incapable de voir son visage, et j'attends sa réponse.

– Oui.

– Sûr ?

– Sûr.

Je m'avance et je m'assois, le cœur battant dans la gorge, presque plus nerveuse que je ne l'étais avant d'entrer dans son sous-sol, hier soir.

Puis je relève lentement les yeux.

Pour ne pas le brusquer.

Pour lui donner une dernière chance de changer d'avis.

Aussi préparée que possible à l'une de ses réactions imprévisibles.

Mais au lieu de m'imposer une nouvelle condition, de me demander d'enlever le portable et le beeper encore attachés à ma ceinture, il reste parfaitement immobile.

Et me regarde.

Avec des yeux tellement sombres, qu'il est presque impossible de faire la différence entre pupille et iris.

– Vous vouliez me parler ?

J'essaie de faire abstraction de la cagoule qu'il porte sur le visage... Des doigts de sa main gauche déformés, comme soudés les uns aux autres par de la cire... De la façon dont il se tient contre le tronc d'arbre, poitrine en avant pour mieux respirer...

Et je le regarde à mon tour droit dans les yeux. En espérant qu'il pourra lire dans mon regard toute la compassion que j'éprouve pour lui.

– Oui. Merci d'avoir accepté. J'imagine que cela n'a pas dû être facile pour vous.

– Non. C'est bon. J'imagine que cela n'a pas dû être facile pour vous non plus.

Pour la première fois, je peux arriver à imaginer la personne qu'il devait être avant de rejoindre les rangs du Phénix. Parce que même sans pouvoir lire les traits de son visage, je sais qu'il vient de me sourire.

– Vous venez souvent ici ?

– Oui. Tous les soirs depuis ma sortie d'hôpital.

Je remarque la paire de jumelles posée à côté de lui.

– Vous regardez quoi ?

Il suit mon regard et sourit à nouveau.

– Eux.

Il m'indique un point sur ma droite et me tend la paire de jumelles.

– Ils sont à une centaine de mètres... Regardez bien la cime du sapin le plus haut, le long de la rivière... Puis comptez trois branches vers le bas, sur la gauche...

Je suis ses instructions et en quelques secondes, « ils » apparaissent : un couple d'aigles à tête blanche perchés au bord d'un énorme nid ; parfaitement visibles dans la lumière de pleine lune qui tombe sur eux comme en cascade.

– Cela fait des mois et des mois que je les observe...

Je laisse mon regard glisser sur les deux animaux. Impressionnants. Majestueux. Et malgré la distance qui me sépare d'eux, je peux les voir dans leurs moindres détails : bec et serres orange, plumage noir jusqu'au cou et blanc sur la tête, yeux perçants comme enfoncés sous de grosses arcades sourcilières.

– Vous saviez que les aigles à tête blanche gardent le même partenaire toute leur vie ? Qu'ils peuvent vivre en couple pendant des années et des années ?

– Non.

Je repose la paire de jumelles à côté de moi.

– Et qu'ils sont prêts à se noyer plutôt que de lâcher une proie qu'ils viennent d'attraper ?

– Non plus.

– Mais j'imagine que ce n'est pas de cela que vous voulez me parler...

Il soupire et ferme les yeux.

– Vous voulez me parler de mon père, c'est ça ?
– Oui.

Je laisse volontairement un blanc avant d'enchaîner.

– Monsieur Bowman... Vous savez que nous venons d'arrêter la personne qui a mis le feu à l'église Saint-Joseph ?
– Oui.
– Et que cette personne n'a rien à voir avec le Phénix ?
– Aussi.
– Ce qui signifie que nous n'avons toujours aucun moyen de mettre fin aux activités de Jonas Mitchell et de sa secte.
– Je sais... Sauf si je vous donne des informations sur ce qui s'est passé il y a deux ans, qui pourraient impliquer mon père dans la mort de Celina.

Je suis surprise par sa réaction.

– C'est exact.

Il hausse les épaules et plonge la main dans la poche intérieure de sa veste. Un geste qui me rend nerveuse malgré moi.

– Vous avez déjà vu une photo de Celina ?
– Oui. Celle qui est parue dans les journaux.

Il me tend un petit pendentif en argent.

– Eh bien, de tout ce qu'elle était, de tout ce qu'elle représentait pour moi, c'est la seule chose qui a permis de l'identifier...

Je fais glisser la chaîne dans le creux de ma main et je sens ma gorge se serrer en voyant ce que représente le pendentif : un Phénix entouré de flammes.

– C'est ironique, non ? Que la seule chose qu'il me reste d'elle soit ça... Le dernier cadeau que je lui ai fait... Alors dites-moi ce dont vous avez besoin pour pouvoir arrêter mon père et je suis prêt à témoigner contre lui sous serment.
– Vous savez très bien que je ne peux pas faire ça.
– Pourquoi ?
– Parce que je ne peux pas mettre quelqu'un d'innocent en prison.
– C'est pourtant bien ce qu'il fait, lui. Avec toutes les personnes qu'il garde enfermées, là-haut...
– Je sais. Mais si l'incendie d'il y a deux ans était bien un accident, je ne peux pas faire grand-chose... Toutes les personnes qui vivent dans l'enceinte du Phénix sont majeures et volontaires. Je n'ai aucun moyen légal de les arracher à l'emprise de Jonas Mitchell.

Je laisse à nouveau un blanc.

– Monsieur Bowman... J'aimerais pouvoir être sûre que vous n'avez pas menti pour protéger votre père...
– Non. Je n'ai pas menti. Et si j'avais menti, cela n'aurait sûrement pas été pour le protéger.

Il change légèrement de position contre le tronc d'arbre et je remarque ses mains maintenant posées sur le sol, près de lui. Tellement nouées de cicatrices qu'elles semblent vouloir se fondre au milieu des racines et des feuilles mortes.

– L'incendie d'il y a deux ans était donc bien un accident ?

– Oui. Ou alors Celina s'est suicidée. Mais je ne veux même pas y penser…

Je regarde une dernière fois le pendentif enroulé dans le creux de ma main avant de le rendre à Noah, et je me force à aborder l'autre sujet pour lequel je voulais le voir. Un sujet qui n'a rien à voir avec l'enquête que je viens de boucler.

– Monsieur Bowman… Vous savez au moins que vous n'avez *rien* à voir avec la mort de votre petite amie ?

– Pourquoi vous me dites ça ?

– Parce que tout ce que vous m'avez dit hier soir semble prouver le contraire.

– Tout ce que je vous ai dit hier soir est la vérité. Celina est morte à cause de moi. Parce que j'aurais pu la sauver et que je n'ai pas réussi.

J'ai du mal à garder un minimum de distance avec lui.

– C'est faux.

Il me regarde bizarrement et j'enchaîne vite avant de perdre le contrôle de mes propres émotions.

– Le fait que vous n'ayez pas réussi à sauver votre petite amie ne veut pas dire que vous soyez responsable de sa mort. Vous avez tout fait pour essayer de la sauver… Vous avez risqué votre vie pour essayer de la sauver… Vous ne pouviez rien faire de plus.

Il baisse les yeux.

– Si. J'aurais pu mourir avec elle. Et tout serait aujourd'hui beaucoup plus facile.

Je repense aux deux oiseaux perchés tout en haut de leur arbre et à la fascination qu'ils exercent sur lui.

– Vous observez ces deux aigles parce qu'ils vous rappellent le Phénix ?

– Non. Je les observe parce que je me demande ce qu'ils feraient si l'un d'entre eux venait à mourir.

J'ai le plus grand mal à continuer.

– Et vous pensez que le survivant ferait quoi ?

Ma question semble le prendre complètement de court.

– Ce que *je* pense ?

– Oui.

Il réfléchit.

– Je ne sais pas... Je me souviens avoir vu un aigle se noyer près de chez nous, quand j'étais gamin. Un mâle, avec une des envergures les plus impressionnantes que j'aie jamais vues... Il a attrapé un saumon trop gros pour lui, et au lieu de le relâcher, il s'est retrouvé pris dans le courant... Et il s'est fait emporter avec sa proie... Je me souviens avoir pensé que c'était une des choses les plus tristes que j'aie jamais vues. Qu'il n'aurait jamais dû faire ça... Mais aujourd'hui, je ne sais plus... Je me dis que c'était peut-être une preuve de son courage, du fait qu'il était prêt à mourir pour quelque chose d'important pour lui. Et que je suis quelqu'un de lâche.

Il se retourne brusquement vers moi.

– Et *vous*, vous en pensez quoi ?

Je me retrouve au pied du mur comme je ne l'ai pas été depuis longtemps, et j'hésite un long moment avant de lui répondre. Parce que ce que je ressens *vraiment*, à ce moment précis, est la dernière chose dont j'ai envie de lui parler.

— Je pense que si l'un de ces deux aigles venait à mourir, l'autre continuerait à vivre. Qu'il ou elle se trouverait un autre partenaire… Et que l'aigle qui s'est noyé ne montre en rien ce qu'est le courage. Au contraire. Il montre ce qui arrive, quand on perd de vue ce qui est important et ce qui ne l'est pas. Quand on oublie la valeur de sa propre vie. Quand on oublie tout ce qu'on peut encore faire avec… Et ce malgré les restrictions que le destin ait pu nous imposer.

— Vous pensez que je peux continuer à vivre ? Je veux dire, comme ça, après tout ce qui s'est passé ? Retrouver une vie à peu près normale ?

— Oui.

Et je ne sais pas si c'est le ton catégorique que je viens d'employer ou l'atmosphère étrange qui nous entoure, mais je vois Noah Bowman se détendre pour la première fois. Et même dans le noir de ses yeux, je peux voir briller une lueur d'espoir.

Je voudrais remercier ma famille et mes amis pour leur amour, leurs encouragements et tout ce qu'ils représentent pour moi.

En France : mes parents ; mon frère, son amie et leur fille, Chloé.

En Irlande du Nord : Kathy et ses trois filles, Danielle, Andrea et Cathy.

Quelque part sur la planète : Anne et Laura.

L'équipe éditoriale de Milan Poche pour son travail, son soutien et son enthousiasme – ainsi que toutes les personnes qui ont contribué à la réalisation et la diffusion de cette série.

Enfin, le groupe Radiohead et la ville de Vancouver pour être deux sources d'inspiration absolument inépuisables ! Sans eux, l'univers de CSU ne serait pas ce qu'il est.

carolineterree@yahoo.com

DANS LA MÊME SÉRIE

MILAN

Sur le parking d'une forêt de Vancouver, la voiture d'une jeune femme est retrouvée abandonnée.
C'est celle de Rachel Cross, 24 ans, étudiante… et fille unique d'un sénateur américain multimillionnaire.
Fugue ? Enlèvement ? Assassinat ?
Pour Kate Kovacs et son équipe du CSU, tout est possible.
Et le temps est compté…

OD : mort d'un officier de police.
L'un des pires codes qui soient…
Pour Kate et son équipe, l'enquête se révèle peut-être plus délicate que les autres. D'autant que la fusillade a fait plusieurs victimes, dont un membre de la Triade du Dragon Rouge, la mafia locale.
Chinatown, règlements de comptes, racket… Un mélange explosif entre les mains du CSU.

« Mort blanche ». Pour les amateurs de montagne, ce nom signifie désastre. Mais pour d'autres, il est synonyme d'adrénaline.

Suite à un accident d'hélicoptère, les membres du CSU sont amenés à enquêter sur les causes de ce drame... Un drame aux circonstances troubles, entre parois rocheuses et couloirs d'avalanche. Un drame où la vie ne pèse pas grand-chose, face à la mythique mort blanche...

Les personnages et les événements relatés dans cette série sont purement fictifs.
Toute ressemblance avec des personnes ou des faits existants ou ayant existé
ne saurait être que fortuite.

Achevé d'imprimer en France par France-Quercy, à Cahors
Dépôt légal : 2ᵉ trimestre 2005
N° d'impression : 50710a